（日）大森藤ノ 著
（日）Suzuhito Yasuda 绘
青青 译

时代出版传媒股份有限公司
安徽少年儿童出版社

著作权登记号:皖登字 12151497 号

DUNGEON NI DEAI WO MOTOMERU NO WA MACHIGATTEIRUDAROUKA vol. 4
Copyright © 2013 by Fujino Omori
Illustrations copyright © 2013 Suzuhito Yasuda
All rights reserved.
Original Japanese edition published in 2013 by SB Creative Corp.
Translation rights in Simplified Chinese Arranged with SB Creative Corp.through Mulan Promotion Co.,Ltd.
本作品中文简体字版由风车影视文化发展株式会社授权安徽少年儿童出版社在中华人民共和国(台湾和香港、澳门特别行政区除外)独家出版发行。

图书在版编目(CIP)数据

期待在地下城邂逅有错吗.4/(日)大森藤丿著;(日)Suzuhito Yasuda 绘;青青译. — 合肥:安徽少年儿童出版社,2016.1(2022.12 重印)
ISBN 978-7-5397-8365-9

Ⅰ.①期… Ⅱ.①大… ②S… ③青… Ⅲ.①长篇小说 – 日本 – 现代 Ⅳ.①I313.45

中国版本图书馆 CIP 数据核字(2015)第 238859 号

QIDAI ZAI DIXIACHENG XIEHOU YOU CUO MA
期待在地下城邂逅有错吗4　　(日)大森藤丿 著 (日)Suzuhito Yasuda 绘 青青 译

出 版 人:张 堃	责任编辑:王卫东 胡 潇
版权运作:古宏霞 芮 嘉	责任印制:郭 玲

出版发行:安徽少年儿童出版社　E—mail:ahse1984@163.com
　　　　新浪官方微博:http://weibo.com/ahsecbs
　　　　(安徽省合肥市翡翠路 1118 号出版传媒广场　邮政编码:230071)
　　　　出版部电话:(0551)63533536(办公室)　63533533(传真)
　　　　(如发现印装质量问题,影响阅读,请与本社出版部联系调换)
印　制:安徽联众印刷有限公司
开　本:787mm×1092mm　　1/32　　印张:7.5
版　次:2016 年 1 月第 1 版　　2022 年 12 月第 4 次印刷

ISBN 978-7-5397-8365-9　　　　　　　　　　　定价:25.00 元

版权所有,侵权必究

期待在
地下城
邂逅
有错吗

4

目 录

序章　后巷中的最快少年　　　　1

第一章　神会　　　　7

第二章　变换的环境，新增的关系　　　　51

第三章　锻冶师的状况　　　　83

终章　下一个舞台　　　　156

Quest × Quest　　　　170

致女神的铃铛发饰　　　　212

后记　　　　236

序章 后巷中的最恶少年

© Suzuhito Yasuda

一大早，公会本部便被叽叽喳喳的喧嚣声所包围。

从清晨到正午的时段里，无数冒险者的身影在极为宽敞的公会大厅内来回穿梭。其中有部分人是打算在潜入地下城前，与负责人商谈今后的打算，但绝大多数都是来收集昨晚更新在巨大告示板上的情报或是从同行中传出的小道消息。

包括商业系派阀的新商品发售通知及购买特定掉落道具的委托在内，另外还有其他眷族的势力状况和地下城内未经确认的稀少物种的目击情报，等等，由公会亲自公开的情报对冒险者来说有着非同寻常的价值。

面对可能左右明天的命运或者可能化为明日财富的情报收集，大部分冒险者理所当然地都不会疏忽大意。

耀眼的朝阳洒入宽阔的公会大厅，种族各异的亚人们正一面手忙脚乱地比划，一面滔滔不绝地议论着什么。

"哇……今天冒险者的数量又增加了呢。"

"喂，我正在工作，别跟我搭话。"

服务窗口后的埃伊娜轻声向跟自己交头接耳的米希亚发出警告。

如她所说，今早造访公会的冒险者人数比往日更多。包括埃伊娜在内，各个负责窗口接待的职员都在想办法采取策略，不停地加快工作步伐。直至刚才还在为冒险者带路的埃伊娜也不例外，现在才总算能小憩一会儿。

往日那群常在光天化日之下调戏长相清秀的接待小姐的家伙，今日都被毫不客气地驱逐出去了。

"临近神会了，接连出现升级的消息也在冒险者中间逐渐散播开来……最引人注目的果然还是那个吧，第9层里出现弥诺陶洛斯的那个传闻。"

"嗯，好像是的。"

三天前，有一条令Lv.1的冒险者们为之色变的情报流传开来——弥诺陶洛斯在上层出没。

洛基眷族提供的这份情报，令欧拉丽内超过半数的冒险者震惊不已，此后接连有冒险者要求公会提供详细的信息。

虽说怪物在楼层间随意移动的现象已经屡见不鲜，但按照以往的常识，移动范围顶多在上下两层之间。然而，这次的弥诺陶洛斯目击情报却来自上层的第9层，距离那头怪物平日出没的第15层至少相差了6层，可以说是超乎寻常。

最重要的是，弥诺陶洛斯已经不止一次出现在上层领域。因为，冒险者们内心的不安倍增。

大约在一个月前——贝尔与艾丝邂逅的那天——那种怪物就在上层现身过。

而第二次出现怪物是洛基眷族在远征的归途中引发的事故——虽然公会针对这一点再三地进行说明，但冒险者们却不愿轻易接受。甚至还有人提出"是不是迷宫的构造发生了变化，使得上层也能诞生弥诺陶洛斯呢？"之类的疑问。

太过敏感了吧！埃伊娜她们可不敢直接这么说。

对于Lv.1的冒险者们来说，那可是关乎生死的问题。若中层的怪物真的不时跑到上层徘徊，今后他们也没法安心进行地下城探索了。正因为每天都与冒险者接触，埃伊娜对于他们的担忧感同身受。他们会像这样蜂拥而来也是情有可原的事情，公会也表示理解。

（那天之后就杳无音讯了，不会出什么意外吧？）

在这种情况下，对于贝尔联络突然地中断，埃伊娜的心里很是忐忑。

不过，距离贝尔最后一次访问公会还不到一周，埃伊娜理性地安慰自己不过是杞人忧天。但是……少年差点儿葬身于那头怪物的蹄下,所以在听到弥诺陶洛斯这个词的那一刻,难保他不会出现什么过激反应。

想到贝尔的事情,埃伊娜就开始坐立不安起来,内心无论如何都无法镇定。

"啊,发——现——了埃伊娜一直很在意的那个冒险者。"

"啊!"

在听到朋友故意拖长的语调,埃伊娜猛地抬起头。

扭头看去,那一头早已熟悉的白发,在拥挤的冒险者中艰难地挪动着,朝这边走来。注意到这边的视线之后,贝尔满脸通红地递来一个微笑。

"哎呀呀,那孩子今天心情很不错嘛!"

埃伊娜完全把米希亚的话当成了耳边风。心中涌起温暖的安心感,绽放出灿烂的笑容,虽然很快就收了起来,但樱色的嘴唇始终柔和地上扬着。

少年兔子般蹦跳着,兴高采烈地向自己靠近。埃伊娜突然不满地在心里嘀咕着"都不知道我们忙得多惨",但果然还是安心感占了上风。

"早上好啊,埃伊娜小姐!"

"早啊,贝尔。好久不见呢。'有在努力探索吗'之类的话,想必都不用我问了吧?"

"是的,我很努力!虽然距离最后一次进入地下城已经过去了几天。"

"呼呼,毕竟休息也很重要嘛。该休息的时候还是要好好休息,这不是挺好的嘛。"

埃伊娜带着满脸笑容,心情愉快地与贝尔聊着天。

坐在相邻窗口座位上的米希亚满脸笑容地看了看他,仿佛故意为埃伊娜腾出私人空间一般,站了起来,准备将堆放在桌上的文件暂时搬走。

埃伊娜眉角温柔地下垂着，继续说道："那么，最近有什么好事吗？"

"您……您知道了吗？"

"就你那副表情，谁都看得出来吧？"

贝尔害羞地用手摸了摸脸颊，埃伊娜不禁发出了苦笑。

贝尔扭捏着身体，正犹豫要不要将那件"好事"说出来。他的这点小心思早就被埃伊娜看穿，她以绿宝石色的眼眸暗示他说来听听。他像刚完成冒险者注册的那天一样，满脸绽放着光芒，点了点头。米希亚也收起笑容，抱着堆成小山的文件从椅子上站了起来。

真是一点都不会撒谎啊！埃伊娜以如同看自己亲弟弟般的沉稳心情，等待着贝尔接下来的话语。

"其……其实啊……"

"嗯？"

接着，贝尔露出一个稍显滑稽的笑容，继续说道："我……终于到达Lv.2了！"

"啪哒啪哒啪哒——"米希亚手中的文件散落一地，维持背对着贝尔他们的姿势，像石头般僵在原地。

经常从埃伊娜那里听到贝尔情况的米希亚，很清楚他当上冒险者还没有两个月。

埃伊娜笑了，非常漂亮地笑了。

但那份美丽的笑容很快便被冻结。

确切地讲，是时间静止了。

无视哑然无声的她们，整个公会大厅依旧人声鼎沸。

"嗯……是我听错了吗？"

埃伊娜带着这样的疑问，维持着笑容歪起脑袋。

她的脸颊微微紧绷起来。

"我是说,我变成Lv.2了,就在三天前!"

完全没有意识到埃伊娜表情变化的贝尔,颇有气势地回复了同样的话。

"扑哧!"埃伊娜笑得浑身颤抖起来,"Lv.2?"

"是的!"

"三天前?"

"是的!"

"你确定没有撒谎?"

"没有!"

"贝尔你是什么时候成为冒险者的?"

"一个半月前!"

谈话声就此终止。

人类和半精灵继续无言地交换着笑容。

再次在窗口前排起长队的冒险者们,见到她们的神情后,相继露出诧异的表情。

那番如同冻结一般的光景在化作石像的米希亚旁边胶着片刻。

突然,伴随着"噶哒"一阵声响,埃伊娜从椅子蓦然站起——爆发了。

"一个半月就到达了Lv.2?!"

足以将周围完全吞噬的巨大音量。

将公会本部所有人的目光集于一身的叫喊,如雷鸣般久久回荡。

随后,站在埃伊娜眼前的贝尔大幅度地向后仰去。

第一章 神会

© Suzuhito Yasuda

"对不起!"

啪地双手合十,埃伊娜低下了头。

公会本部面谈用的房间,一对一谈话显得颇为宽敞,虽说装饰朴素,却有非常好的隔音功能。

在整齐排列着桌椅的房间内,埃伊娜向坐在对面的贝尔谢罪。

"居然在满是其他眷族成员的地方大叫……真的很对不起!"

几分钟前,由于埃伊娜在大厅一时冲动惊声喊叫,令在场的人都知道贝尔升级的事。

刚才的反应有点夸张了,想到被惊愕与讶异的视线集中攻击的光景,埃伊娜的脸依旧滚烫得快要着火。

不慎泄露冒险者的情报可谓严重失职,更重要的是羞耻心的折磨,令埃伊娜那细长的耳朵染得通红。

"没……没关系的啦,埃伊娜小姐。等级反正都要对外公开的……只是早晚的问题而已啦。"

面对迟迟不肯抬起头的埃伊娜小姐,贝尔有些困惑。

听到少年毫不在意的体谅言语,埃伊娜才羞愧地抬起头。

(虽然是这样没错……但问题不在于升级本身,而是升级花的时间啊……)

到达 Lv.2 只花了一个半月的时间,那是史无前例的最短时间,甚至到了根本无需特别说明的程度。

实现等级上升的条件是成就"伟业"——必须要击败高等级的对手,以获得更高级的经验值。作为熟悉贝尔成长速度的少数人之一的埃伊娜,尽管她曾像是祈祷般地预测无论贝尔能力值的提升速度多么显著,也不可能到达升级的程度吧……事实证明她完全失算了。

即便升级的事迟早会公开,也还是尽可能隐瞒比较好。

当然也可以乐观地认为像这种破天荒的事情,即便说出去也没几个人会当真……但"史无前例"这种话题,可是迫切渴求娱乐的神明们的最爱。

光是想象他们满脸坏笑的模样,埃伊娜都要头痛。

"那个,埃伊娜小姐……"

"嗯嗯,没什么哟。抱歉,我突然走神了。"

脑海中浮现出被众神纠缠的贝尔的姿态,埃伊娜露出复杂的神情,继而苦笑了一声。

"贝尔,抱歉,能不能听听我这边的请求呢?你难得过来一趟,真是对不住……但我有很多工作等着去处理。"

"啊,好的,没问题。是什么请求呢?"

"我希望你能告知我至今为止的冒险者活动纪录。"

"那个……"

"大概就行。比如跟哪些怪物战斗,或者完成过哪些冒险者的委托之类的。"

埃伊娜在桌上备好羽毛笔和羊皮纸,对贝尔如此说道。

若是能有助于冒险者提升自身能力,公会通常会在不使各眷族权益受损的前提下,适当公开情报。这也是为了提升有着莫大利益的"魔石"收集效率。

提起此次达到前所未有的升级速度的贝尔,他积累经验值的形式与方法势必会成为众人的焦点。这份活动纪录恐怕只能以匿名的形式呈现在其他冒险者面前吧?

其目的就是请其他冒险者也参考贝尔的成长轨迹,逐渐让自己变强。

冒险者水平上升也就意味着牺牲者数量随之减少。光是这点好处就足以让埃伊娜积极采取行动。她在绝不涉及对方隐私

的范围内，打听着贝尔的经历。

于是，贝尔追溯到了三天前。

第二次的头痛向埃伊娜袭来。

"弥……弥诺陶洛斯。"

她用右手按住朝后方倒去的脑袋。

——三天前，在第 9 层区域，贝尔遭遇并打倒了弥诺陶洛斯。

缓缓吐露出的事实，差点让埃伊娜昏厥过去。洛基眷族的底层成员向公会提交的报告，与贝尔的证言完全一致。

所以在询问对方是哪个派阀的成员将怪物打倒的时候，那人只是含糊其辞地作出回答。回想起那时的光景，埃伊娜终于明白其中的缘由。像是 Lv.1 的冒险者打倒了弥诺陶洛斯这样的话，即便说出来也不会有人相信。

忍耐着晕眩感的埃伊娜，睁开沉重的眼皮，很是生气地瞪着贝尔。

对于埃伊娜"跟你说了多少遍不要去冒险"的责备视线，贝尔全身猛地冒汗，害怕地缩起身子。

（真是的，你到底用了什么魔法啊？）

Lv.1 的冒险者到底用什么方法独自打倒了 Lv.2 的弥诺陶洛斯的啊，好想多花点时间追问到底。

"哈，我算是明白了，贝尔从头到尾就没打算要遵守我叮嘱你的事项。"

"欸？不，那个是……对不起。"

面对闭起双眸，耍小性子般把脑袋转向一边的埃伊娜，贝尔虽然慌张地试图辩解，但声音越来越弱，最后只好低头谢罪。

埃伊娜睁开一只眼睛，瞟了一眼沮丧的贝尔，稍稍消气的同时，也在内心反省自己该有点大人样吧。

但是,贝尔对自己的所作所为没有半点自觉,这点也着实让她伤透了脑筋。

要是出半点差池,贝尔可能就无法站在这里了。

"贝尔,不在现场的我说的话不一定是正确的。无法轻易脱身的你做的判断,也许正是最佳选择。"

"埃伊娜小姐……"

"也许在这方面我没有插嘴的资格……但是啊,你无论何时都不能忘记——要是死了,一切就都没意义了。"

拜托了!埃伊娜凝视着贝尔。

平安活着回来才是最重要的!埃伊娜毫无隐瞒地传达着自己的心意。

停住动作的贝尔,随后表情温顺地点了点头。

双方视线交错的状态持续片刻,埃伊娜故意清了清嗓子。

为了拂去稍带伤感的气氛,突然将食指伸到贝尔眼前。

"总之,听好了,绝对不能乱来,明白吗?"

"明……明白!"

最后被轻戳鼻尖的贝尔"咕噜"地吞了一口唾沫,埃伊娜重新坐直身体,笑出了声。

"今天就反省到这里吧。"埃伊娜如此告诉贝尔。

茶色发丝微微摇曳,埃伊娜朝贝尔投去温柔的笑容。

"贝尔,恭喜你升上 Lv.2,干得不错。"

手捂着鼻子的贝尔睁大了眼睛,随即一扫刚才的惊慌,喜笑颜开。

以自己对少年的了解,想必方才那句话,才是现在的贝尔最想听到的吧。

少年两颊通红地说着"谢谢",看着至今为止为他无数次提心吊胆的埃伊娜,不由得万千思绪涌上心头。

"那么,你今天只是来报告升级的事情吗?还有其他事要找我商量的吗?"

"啊,对了……其实有件事想来询问埃伊娜小姐的意见。"

稍作冷静的埃伊娜小姐向贝尔确认来意,少年才恍然大悟地想起自己来访的初衷。

"可以啊,有问题尽管问哟。"埃伊娜小姐面带微笑地欣然允诺。

"那个,是关于发展能力的问题……"

"啊啊,原来如此。毕竟贝尔升到 Lv.2 了呢。"

所谓发展能力,是在已有基本能力的基础上增加的能力。

基本上都是在升级的时候出现。每当 Lv.得到提升,都有追加到属性值的可能。发展能力是与基本能力截然不同的特殊能力。有的时候也会让专属职业技能觉醒或是强化。

"这样啊,难道说出现了好几个可供选择的发展能力吗?"

"是的,虽然我跟女神讨论过了,但还是应该参考一下埃伊娜小姐的意见再慎重选择比较好……"

原来如此!埃伊娜点了点头。

发展能力能否发现,主要取决于长期积累的经验值。至于具体产生何种能力,取决于接受"神之恩惠"的当事人的行动。

若没有特别值得一提的经验值,即便升级也不会出现发展能力。反过来说,只要有符合条件的经验值,出现好几个候补能力也是有可能的。虽然每一次升级只能获得一种能力,但作为候补出现的数量是不受限制的。

发展能力经过升级,才能从属性值中得以显现。

所以,严格来说,贝尔现在还没抵达 Lv.2。

眼下刚好处于选择能力的犹豫期。要到最后的能力更新结束,再由赫斯缇雅亲手将属性值整体更新。也就是说,现在仍处在升级保留状态。

"可选择的能力有几个？"

"三个吧……不过，其中有一个能力不是很清楚……"

嗯嗯，埃伊娜点点头，将贝尔的发展能力详细记录在羊皮纸上。

首先，第一个是能够防御"中毒"等症状的"耐异常"。虽然极为普通，但对于在迷宫内常被各种异常状态侵扰的冒险者来说，却如同珍宝。在地下城上层受到紫飞蛾的毒磷粉侵害较频繁的欧拉丽冒险者，比较容易在早期获得该项能力。

第二个是专用于对付怪物的"猎人"。只要是与曾经打败并且获得过经验值的同种怪物交战，自己的能力便会得到强化。只有升到Lv.2的期间才会出现，并且要求在短时间内击退大量怪物，获取条件可谓异常苛刻。作为一项极其珍贵的能力，冒险者自不必说，连在众神当中也颇具人气。

然后，第三个是……

"幸运？"

"是的……"

埃伊娜停下记录内容的羽毛笔，眨眨眼睛。

即便是出于工作缘故，对属性值的知识了如指掌的她，也从未听说过该种能力。

至于效果还是能猜出个大概。八成就如字面所示，拥有运气好转的功效吧。

问题是运气好转的功效会以何种形式体现出来呢。

"那个，女神赫斯缇雅有说什么吗？"

"她也有点不明所以……"

"看不懂也正常。"埃伊娜在心里嘀咕了一句。

至今确定的所有有关属性值的情报，都是在很久以前天神

降临下界时期，经过检证、解析得出的结果。

对孩子们接受恩惠后会衍生出什么样的能力，即便是令属性值显现的天神本人也无法看透。除了初期能力之外，全取决于根据经验值而定的属性值，说简单点，就是显示下界人们可能性的东西。正因如此，神明才会怀有如同见证自己孩子成长般的心境。唯独这点，可以说是连众神都无法预知的世界吧。

出于这种缘故，众神只要听到稀有能力之类的字眼，就会激动到难以自制。对于大部分的天神来说，'未知'等同于无可取代的美食。

真是可以！埃伊娜坦率地想着。

未曾在公会登录过，从来没有听说过的能力，也就是如假包换的稀有能力。

恐怕，贝尔是第一个有机会获得该项发展技能的人吧？

若只有"耐异常"与"猎人"，埃伊娜也许还能参考自己的想法提出一些中肯的建议。但是对于完全未知的东西，埃伊娜实在不敢只凭揣测擅下定论。

"啊，不过……"

贝尔闷头在思考的森林中徘徊片刻，突然想起什么似的开口说道："虽然只是女神的直觉……她说可能是类似'加护'的东西。"

不管是怎样的神物（人物），神的洞察力都是不容小觑的。既然赫斯缇雅看过贝尔的能力之后如此猜测，也许就是这么回事吧。

加护……也就是在本人不知情的状态下发动效果的超常护身符。也许是利用类似天神的力量保护能力者免受外力侵害。

虽然目前尚在推测阶段，但这么想来，埃伊娜认为非常有必要将其保留下来。

埃伊娜长叹了一口气,突然停下思考。总之,暂时对上层部门保密吧。这样也是为了避免使贝尔受到更多的瞩目。

"嗯,说的也是呢。应该是这样没错了,毕竟能力名字就叫'幸运'嘛,从冒险者的角度来说,大概能增加掉落道具的几率吧?"

"啊,原来如此。"

"不过,这么分析好像有点太贪财了。抱歉,我似乎帮不上你什么忙。"

"怎……怎么会呢!"

贝尔慌忙在胸前挥动双手。

埃伊娜为自己的无能为力感到抱歉,同时她打算询问赫斯缇雅眷族内部的想法。

"贝尔和女神赫斯缇雅比较想选哪个呢?"

"上神大人劝我选'幸运'。她握着拳头激动地对我说'你非常需要这个能力哟'。"

"还不是因为你这人太不让人省心。"埃伊娜目不转睛地盯着眼前的少年如此想着。

事到如今,她极度不想知道发现这项能力的经过。

见到埃伊娜笔直地注视着自己,贝尔感受到一股莫名的压力。

"那么,贝尔你呢?"

"我觉得'猎人'比较帅……也不是,该说没办法忽视,那个……"

"呼呼。嗯,你的意思我大概懂了。然后呢?"

"是……是。但是,女神推荐的'幸运'也没办法无视……"

虽然贝尔表面看似犹豫不决的样子,但埃伊娜大致摸清了他的想法。

从效果看来,"猎人"确实是一项非常强力的技能。每天亲身体会地下城可怕之处的冒险者,只要有那个机会,大多会优先选择这项技能。

而另一方面,"幸运"这种技能从未出现过,换句话说就是还摸不清实质的东西。但是,听到稀有能力这个词,内心产生动摇也是人之常情。加之又是没人有过的,就更不用说了。

把今后也有可能显现的"耐异常"从选择项中排除后,在贝尔的心中,想必更倾向于选"猎人"吧?

若要替他说出真心话,应该是两个都想要吧?

虽然这是不可能的,不过他的心情也能理解。埃伊娜不禁露出苦笑。

"前面也说过很多次了,最后做出抉择的还是贝尔你自己,我不希望你被我的想法左右。所以呢,我只能告诉你选择能力时的思考方式哟。"

"好……好的。"

等贝尔坐正姿势,埃伊娜开口说道:"我认为,最简单的还是从目标的差异来考虑。"

"目标?"

"嗯,如果你只想脚踏实地地攻略地下城,那'猎人'这项能力绝对能成为你无可替代的重要力量。倘若贝尔也是这么想的,我也劝你选择'猎人'。"

埃伊娜突然顿了一下,对着那深红的瞳孔深处说道:"但是,如果贝尔的目标在此之上,在那无比遥远的高处……当你在通向那条道路上的时候,也许会遇到无关实力,需要'幸运'助你脱困的状况。所以,我也认为,'幸运'对你来说也许是不可或缺的能力。"

此后,两人暂时陷入沉默。

贝尔稍稍睁大了双眼，继而将视线落在自己摊平的手上。

贝尔用力握拳的表现证明他已经做了决定。

"不管你选哪个都没有错。所以，贝尔你尽管相信自己做出选择吧。无论哪项能力，对现在的你都大有裨益。"

"是，谢谢你。"

贝尔抬起下颚，带着爽朗的表情点了点头。

即便已升为Lv.2，却仍像以前那样犹豫不决，拼命踌躇、烦恼。

还是再多关照他一些时日比较好吧，注视着他的埃伊娜有些开心的想着。

✚

"我回来了，上神大人！"

我推开了作为总部的教堂地下室的门，大声地对女神打过招呼。

躺在沙发上看书的女神抬起头，递来微笑，接着以轻快的步伐，雀跃着跑到我的面前，迎接归来的我。

"欢迎回来，贝尔。然后呢，想好要选择哪个能力了吗？"

"是的，我要选'幸运'。"

经过埃伊娜小姐的分析，我终于决定了。

不要维持现状，我选择继续前进。

虽然不清楚这项名为'幸运'的能力对我来说，是否不可或缺。但我还是决定相信接受埃伊娜小姐建议的"凭自己的直觉"。

女神温柔地眯细双眸，小声嘀咕了一句"这样啊"。

"好了，事不宜迟，赶紧完成你的升级吧。"

我紧张地盯着抬头仰望着自己的女神点了点头。

两人朝着早已成为更新状态的固定位置——女神的床铺移动，开始了属性值的更新。

"贝尔终于也要到Lv.2了呢……虽然一般都会这么说，但以你的速度，我简直连感慨的时间都没有呢。"

"是……是吗？"

"啊啊。刚加入我的眷族的时候，你打赢哥布林得意归来的情景，仿佛就发生在昨日，令我至今记忆犹新呢。这一切好不可思议啊……"

虽然女神仍旧以往日的方式向我搭话，我却只能以"嗯、嗯嗯""是……是啊"之类的简短话语含糊回应。

要成为Lv.2了啊！

穿过肌肤从床垫上传来的心跳声异常高昂。趴在床上的身体轻飘飘的，即便不想去注意，也依旧清楚此刻自己的激动心情。Lv.2明明只是必经之路而已。

彻底停止运转的大脑一片空白，相反地，脖子以下的部位却被蜂拥而上的热流染得通红。

既没有迫不及待，也没有忐忑不安，只是安静地听着剧烈的心跳声……很快，那个瞬间到来了。

女神停止了手上的动作。

"结束啦！"

女神从我的腰上跳下的同时，我也坐起身来。

我以双腿弯曲的姿势坐在床铺上，缓缓地低头看向双手。

在女神的注视下，我的手不断重复握拳与开掌的动作。

"好像没有什么特别的变化呢。"

"你以为会出现'啊，力量涌出来了……'之类的状况吗？"

女神颤抖着双手模仿力量涌出的样子，继而捧腹大笑。看着这副情景，我一边在心里略带失礼地感慨"好逼真啊"，一边心领神会地点点头。

升级结束以后,我的身体没有明显的变化。

比如变得轻盈,或者眼中的世界都变了什么的,丝毫没有这样的感觉。与几分钟前的自己相比,没有任何差别,完全没有升为 Lv.2 的实感。

也不是说我很失望……只是有种期待落空的感觉。

"毕竟升级又不是改变你身体的构造,如果你期待会出现什么剧烈变化的话,可能要让你失望了呢。"

"啊,不是,我怎么会……"

"呼呼,但是啊,属性值的升华可是货真价实的哟。你的'器'已经提升到了更高的阶段。将其形容为'更接近神明'比较好理解吧?只是贝尔意识不到而已,那些技能一旦被启动,就能够做出以往完全无法比拟的动作呢。"

女神情不自禁地笑着说道,像往常一样把翻译成共通语的属性值记录在纸上。

升级后的基本能力和熟练度会暂时回到初期数值。从 I0 重新计算。但之前累积的能力数值不会因此消失,而是以潜在值的形式反映在属性值上。神明们似乎称之为隐藏参数。

我早就知道等级提升之后,属性值会回到初期值这件事,所以完全没必要把翻译成共通语的属性值内容递给我看……女神是要我亲眼确认吗?

我疑惑地歪着头,从床上站了起来,将手伸向与弥诺陶洛斯战斗后变得破烂不堪的备用底衫。

头从领口伸出的同时,我与写完属性值的女神视线相撞。

"本来想给你一个惊喜的,不过还是先告诉你吧。"

"什么?"

欣喜地露出微笑的女神递过写有属性值内容的纸张。

等我接过纸张,女神又激动地喊:"是好消息哟,贝尔。"

什么好消息——我还没来得及问,女神就迫不及待地宣布了答案。

"技能哟!"

"欸?"

"你的第二——不对!嗯,你看,就是那个啦!你期待已久的技能出现了!"

我与女神沉默了数秒。

耳朵缓缓接收着女神的讯息,然后确切地理解其中含义的瞬间,我猛地低头看向手中的纸张。两眼充血地阅读着女神的记录。

然后——

贝尔·克朗尼

Lv.2

力量:I0　耐力:I0　灵巧:I0

敏捷:I0　魔力:I0　幸运:I

魔法

【烈焰雷电】

·速攻魔法。

技能

【英雄志愿(阿尔戈的瓦德杰)】

·回应能动性的行动改变执行动作。

我瞪大了双眼。

技能一栏居然有内容了。

我慌张地看向前方,娇小的女神脸上浮现出沉稳的笑容,对我投去的疑问视线表示肯定,以眼神示意我没有错哟。

我欢喜地绽放笑容。脸上很快布满喜悦之色,到达兴奋的顶峰。

脸颊上的肌肉更不用说。连看着纸张的我都知道此刻的自己眼睛正闪烁着耀眼的光芒。忽然,我注意到一件事情。

英雄志愿?

将发现技能的事暂且搁置一边,我从喜不自胜的状态中抽离出来,注意起技能的名称。

夸张的技能名称,让兴奋的大脑深处某个角落,令人惊讶地快速冷静下来。

(等……等等。)

笑容急速消失。

经验值毫无疑问,据说接受恩惠的当事人的本质及愿望也会对在属性值中显现出来的技能与魔法产生影响。

名称也是一样的,就如同反映内心想法的镜子。

也就是说,当英雄志愿刻在背上(属性值内)的瞬间……到了这个年纪仍旧在内心深处妄想成为英雄的事实,彻底地暴露了……

耳朵瞬间红到了脖子,我像生锈的机器般笨拙地从纸张中抬起头。

出现在眼前的是以温暖的视线凝视着我的女神——

"唔哇啊啊啊啊啊啊啊啊啊啊啊啊啊啊啊啊啊啊啊啊啊啊啊啊啊啊?!"

女神带着灿烂花朵般的笑容凝视着我,我发出一阵惨叫。

将纸张抛向空中,猛地转过身,用双手塞住耳朵,我以背对女神的姿势刷地蹲了下去。

© Suzuhito Yasuda

唔哇——唔哇——

暴露了！都老大不小了，内心深处竟然还憧憬童话英雄的事实被女神发现了啊啊啊啊啊啊！

好苦恼！与在艾丝小姐面前犯下种种失态行为一样，难以言喻的羞耻感袭遍全身。无法想象的灼热将我全身烤得通红。

要死了，真的要死了！

"贝尔。"

身体不由得颤抖了一下。

温柔的声音搔弄着我的耳朵，随即一只娇小柔软的手轻轻地搭在我的肩上。

意识到女神在背后，我满眼泪水战战兢兢地回过头。

女神的笑容充满了慈爱。

"真可爱呢。"

"唔啊啊啊啊啊啊啊啊啊啊啊啊啊啊啊啊啊啊啊啊啊啊啊！！"

女神这个笨蛋！

"唔唔……"

"喂喂，你打算蹲到什么时候啊？"

我抱着膝盖逃到房间的角落里呻吟着。

从天国径直落入地狱的我，伤得很深。也许会在心里留下一生永远无法抹去的伤痕。

我背对着女神，不住地淌着热泪。

"差不多该打住了吧。没什么嘛，不就是想成为英雄嘛。这年头像你这样纯粹的孩子可不多见哟。"

"现在的您可是带着一脸坏笑，上神大人！"

尤其是说到'孩子'这个词的时候，能感觉到满满的恶意！

响亮的叫喊声在地下室回响着。我内心的平衡已经快要崩塌。

女神苦笑着说"要是让你受伤了的话,那我道歉哟",用手摸着我的背。想到此刻被女神安慰的我,肯定是超废柴的样子,我便更消沉了。

"已经没事了吗?"

"嗯,算是吧……"

半晌过后,我总算站了起来。但我的心情丝毫没有好转,依旧一片灰暗。

撑着随时可能无力地垂至胸前的脑袋,我捡起被丢到地上的纸张,重新读起属性值。

英雄志愿……名字就没必要再研究了吧,尽管我试着理解这项技能当中的主要内容,但还是不得要领。详细情报实在太少。

烈焰雷电显现那会儿也是这样。总觉得我掌握的魔法与技能的解说都含糊不清。从字面上根本不知道具体有何种效果……

"上神大人,你知道这是什么技能吗?"

"嗯,从名字来看,很难下结论呢。似乎不是随时可以发动的类型……能动性行动,可能是贝尔有意识地行动时,会产生出某种特定效果吧?"

"有意识地行动……"

"说简单点,就是攻击之类的自发性行为呀。"

"照这么说的话,那反击之类的就不在范畴内吗?"女神又补充了一句。

嗯?好像懂了,好像又没懂……

不行了。凭我的脑袋完全无法猜透这项技能的本质。

"算了,这也只能靠你在实战中摸索了。虽然这么说有些不负责任。"

"没事,上神大人。您不要在意,反正是我的技能……"

结果,关于技能,我们只好静观其变。

抱着混乱不堪的思绪,我最后再瞟了一眼纸张。

技能本身着实让我摸不着头脑,但我对这个英雄志愿的阿尔戈·瓦德杰十分熟悉。不,该说残留在记忆中更为贴切。

阿尔戈·的瓦德杰——一个平凡无奇的青年拯救被牛怪掳走的公主的童话故事。

主人公常常被人诓骗,但却从未察觉。整个故事在稍显滑稽的氛围中推进。终于,主人公总算到达了怪物的所在地。最后,似乎还被本应等待救援的公主大人给救了。

与其他英雄谭的壮烈事迹相比,这只是一个略显另类的不起眼的英雄故事。

也许原本就是个喜剧性故事吧,但当时读着那册绘本的年幼时期的我,嘴巴却不满地撇了撇。根本一点都不帅嘛……做着英雄梦的人也算英雄吗?当时我抱着这样的想法。

声称自己很喜欢这个故事的祖父开心地笑着说:"这家伙的英雄路才刚开始呀。"与他相反,我却嘟着嘴说:"这个故事已经结束啦。"那时的场景近在眼前。

在意想不到的地方与年幼时的记忆再会,真的令我有些混乱。

"抱歉,贝尔。我差不多该出门了。"

"欸?上神大人今天也有工作吗?"

我从记忆的海洋中脱身,却被女神告知她马上要外出。

完全以为今天是打工公休日的我条件反射地提出疑问。

"今天啊,可是三个月一度的神会的举办日哟。"

"神会……莫、莫非就是……"

"嗯,没错。是闲来无事的众神们的集会……也为了决定升级者的称号。"

称号!听到这个词的瞬间,我不由得缩起肩膀。

艾丝小姐的称号剑姬,也是天神们为她起的。

而且说到底,这些称号都是在名为神会的众神争论会中诞生的。

女神要去参加那样的集会,也就意味着……

"因为贝尔你荣升为 Lv.2,我也被容许坐入末席呢。也许今天就会决定你的称号。"

果然!

女神的回复证实了我的预想。高涨的兴奋感不知多少次侵袭我的全身。

"哇……哇……哇!也就是说我也可以得到像艾丝小姐那样的称号啦!"

"看你得意的。"

"那是当然啦!"

说到称号,那可是冒险者的代名词啊!

只有经过升级的冒险者才有幸获得,换句话说,也就是自己的实力被神明们认可了!绝对是无比荣耀的事情啊!

而且,更重要的是……

"神明们决定的称号都很讲究、很帅气不是吗!比如'漆黑的堕天使'什么的,听起来就感觉很强大啊!"我得意洋洋地说道。

"啊啊,你说的这个啊……"

女神原本讶异的表情突然转变,向我投来一个无力的笑容。

具体来说,是非常悲伤的笑容。女神变得好遥远。

欸,怎么回事?

为什么女神用比刚才更为温暖的眼神盯着我？

"也是啊。对于下界的人们来说还太早了……"

"欸,那……那是什么意思？"

"不,没什么哟。总有一天贝尔也能明白的。"

丢下这句意味深远的话,女神默默地做起准备。

神会,难道比我想象中的……还要别具一格吗？

神明们的神意激烈碰撞,在严肃的氛围中进行会议——传言中是这么说的啊……

"那我出门了哟。"

"好……好的！"

准备完毕的女神在门前回过头。

她的身姿看起来像是某个即将赴死沙场的战士,我不由得提高了音调。

最后,女神注视着我,带着一脸决然的表情说道:"贝尔,即便让我喝下泥水,我也一定会为你争取一个响亮的称号……"

"为了你……"女神留下誓言般的话语。

"砰"的一声,总部的门被关上了。

面对女神那充满干劲,或者说透露出必死觉悟的背影,我只能流着汗目送她远去。

所谓神会,即起初因部分天神感到太过无聊而策划的一种集会。

自己派阀(眷族)的实力与地盘构筑到一定程度的天神,常常容易忘却生活的艰辛,逐渐进入堕落期。愁于不知如何打发时间的他们突然心血来潮地想集结起同乡的同伴们,商谈无所谓的

琐事以消磨时间。

虽然大致都是无聊的畅谈，不过最重要的是能让这些性格奔放的神明有机会在一定周期内于特定地点集合。

很快，随着参加集会的神明数量的增加，集会的规模也逐渐扩大。时代不断变迁，集会的目的也随之发生改变。平日的闲聊变成了情报的共享，而且交换意见的内容也不仅与各自眷族相关，甚至还牵扯到众神与公会联合企划的涉及整个都市的活动。

虽说已是有名无实，但被外界视为咨询机关的神会还是有一定权力的，其影响力也会波及冒险者们。

决定称号也是其中的一部分，如今已然是惯例了。

"这次升级的孩子似乎挺多的呢。"

"是啊，听说这次是大丰收啊！真让人期待啊！"

神会的会场设置在位于都市中央的巴别塔，其中第13层。

对塔内进行改建，几乎占据整层楼的巨大空间内，原有的隔间全部被打通，粗而长的列柱整齐划一地排列，支撑着遥远顶空的天花板。宽阔的空间内，只有一个大圆桌孤零零地放置在中央，除此之外没有任何其他家具。墙壁内侧设有一层巨大的玻璃墙，被距离地面三十层的天空包围。

由于天花板超乎寻常地高，看上去如同浮在空中的神殿。

"在这里露面的天神数量增加了不少呢。"

"嘿嘿，消失的家伙也很多呢。"

以一定间隔围绕着圆桌入座的天神的数量，随便一数也有三十个以上。换句话说，拥有被列为上级冒险者——Lv.2以上的冒险者——的派系成员，实力得到公认的眷族，在欧拉丽只有这么多。

出席的众神样貌也各不相同。既有嘴唇抿成一字形、难掩紧张神色的男神，也有戴着巨大象型面具的神秘存在，还有正闭目养神、面带微笑等待会议开始的银发女神。

与指定正装的神之宴不同,出席神会的天神穿着各异。众多神明当中,赫斯缇雅正端坐在为她准备的席位上,无所事事地眺望着其他天神。

"没想到你还挺镇定呢。"

"本来就没有紧张的理由啊。"

赫斯缇雅回应的同时,目光瞧向坐在隔壁座位上的赫发赤眼女神——赫菲斯托丝。

散发着光泽的红发柔顺地垂在背后的赫菲斯托丝,穿着宽松的上衣及黑色长裤。近乎男装的打扮再加上难以忽视的美貌,浑身散发着足以吸引不分异性同性视线的魅力。

眼罩覆盖右眼的女神缓慢地耸了耸肩。

"我以为你会更紧张点呢,比如像往常一样皱着一张脸。"

"如果皱着脸能改变现状的话,我随时皱给你看。但即便我露出不安的表情,也只会让周围的家伙更幸灾乐祸吧?"

"说的也是呢……"

赫菲斯托丝苦笑的同时,仍有几条不怀好意的视线直勾勾地刺向赫斯缇雅的脸颊。作为视线源头的几个神明,以仿佛看着扑火飞蛾般的眼神,露出令人讨厌的坏笑,丝毫没有收敛的意思。

即便是除赫斯缇雅以外的人也能轻易看穿他们的想法。对于可称之为奇迹的弱小眷族的崛起,他们打算以自己的方式来欢迎吧。

"我事先声明,待会儿可别指望我帮你说话。在少数服从多数的制度面前,我的意见也不过只有一票而已。"

"我知道啦!"

赫斯缇雅有点不耐烦地回应过后,一阵语调拖得冗长的说

话声响起:"那么,开始啦——"

喧闹嘈杂的圆桌瞬间安静下来。宣告者摇晃着那头朱红色头发,站了起来。

"第N千回神会现在正式开始,本次的司仪工作将由咱们的洛基担任!多多指教啦!"

"耶!"现场欢呼声四起,掌声如雷贯耳。可谓盛况空前。

将一头朱红色头发束在脑后的洛基,细长的眼眸弯成月牙状的同时举起了手。

赫斯缇雅瞪着站在离自己很远位置的洛基,不满地嘀咕道:"为什么司仪是洛基啊?"

"听说这次是她自己提出的。因为远征的关系,眷族的团员几乎都出门了,她一个人闲得慌吧?"

"哼,游手好闲的家伙。"

加上平日关系本来就差,赫斯缇雅说话更是不留情了。

不知是否察觉到她的怨念,洛基只是将眯细的眼睛朝赫斯缇雅她们的方向扫了一眼,以暂且无视的态度,继续自己的工作。

看着一反常态,没有立即与自己发起冲突的洛基,赫斯缇雅略显诧异。

"好了,话不多说,赶紧开始吧。首先开始交换情报吧,有没有人要分享有趣的消息啊?"

"有有有!苏摩神似乎接到了公会警告,被没收了唯一的兴趣!"

"你说什么?!"

"话说,苏摩的兴趣是啥啊?"

"完全不知道啊。"

"啊——该不会是埃伊娜干的好事吧……"

"居然连孤独神(苏摩)都上榜了!"

"那后来呢,后来怎么样了?"

"据说抱着膝盖在房间角落蹲了好长时间。"

"好想看啊啊啊啊啊啊啊啊!!"

"我稍微去安慰一下苏摩!"

"喂,你根本就是想去给人家伤口上撒盐吧!"

"抱歉。打断你们的谈话真不好意思。眼下有件要事要商量,王国似乎又在进行攻打欧拉丽的准备了。"

"还真是突然啊!"

"话说,又是战神(阿瑞斯)吗?"

"是时候给那个白痴神一点教训了吧? 那家伙太烦人了。"

"为什么那家伙能在国内建立起那样的信仰啊?"

"因为那人的性格比较平易近人吧。孩子们似乎都挺喜欢她的。"

"因为她姿容出众吧,甚至都能与美神匹敌呢。啊,我可是对芙蕾雅大人忠贞不贰哟!"

"明明连脑子里都是肌肉。"

从开始的闲谈转至严肃的谈话,圆桌上交错的话题不紧不慢地变换着。

场面气氛维持轻松状态,众神们时而搬出各种无聊八卦话题,时而附和他人的意见。

面对眼前毫无秩序可言的光景,虽然这之前早就有所预料,但第一次参加神会的赫斯缇雅还是露出了一副不耐烦的表情。

她既不想指责什么,也不想参与其中。

"好了,都安静一下!"司仪的大声吆喝,令在座的神明鸦雀无声。

"好的。先总结一下,现在最不可忽视的是王国那边的举动,

对吧？此事我会尽快向公会报告。依乌拉诺斯那个老头的作风，大概已经掌握了什么重要情报吧。出席此次集会的眷族届时说不定都会被召集起来，到时还请多多指教。"

"了解。"

洛基把会议中提出的情报进行简单的整理，提取出来其中的重点。神会不只是负责集合欧拉丽主要眷族的主神，还担任着传达关注度高的情报的任务。

此后，洛基依旧平淡地推进着会议，确认所有话题都已经提出后……她拍了一下手，坏坏地扬起嘴角。

"那么，进入下一环节，开始命名仪式吧。"

紧张感弥漫开来。

洛基刚发完言，刚才一直缄默不语的数名天神瞬间脸色大变，包括从头至尾保持沉默的赫斯缇雅。

其他天神则是一脸贼笑。

作为神会常客的部分神明，相继露出"接下来要看好戏"的恶劣笑容。

悲剧由此开始。

"资料已经传过去了吧？那我们就开始了哟。那么，仪式的第一棒就从……赛特家的赛缇冒险者开始吧！"

"拜……拜托了，请各位务必手下留情……"

"拒绝！"

"No！"

正如众神能乐在其中地享受下界的文化般，众神与下界人们的感性是十分接近的。既然被称为超越存在就要拥有超越人类智慧的感知等，并不存在诸如龃龉之类的感性。他们与孩子们没有多大差别。

但是，唯有命名不在其列。

到底是天神过于怪异,还是孩子们太愚昧了呢?

是众神太过前卫,还是孩子们追不上时代呢?

真伪尚无定论,也暂且不提。但在众神经过激烈争论决定的称号中,确实存在着令孩子们为之苦恼的"痛恨之名"。

"决定了——冒险者赛缇·谢露缇的称号是——'晓之圣龙骑士'!"

"好痛啊啊啊啊啊啊啊啊!"

像这样,神会同时负责大量生产"痛恨之名"。

性格恶劣的某些神明为了追求令人窒息的爆笑冲动,绞尽脑汁想出让孩子们敬畏万分的称号。

被授予称号并引以为荣的孩子以及发狂的神明们,只要提起那些怪异称号,到现在还能笑倒在地板上打滚。其中十有八九,会被流传后世成为神话之一吧。

"都疯了……"

"你的心情我非常理解……"面对愕然嘀咕的赫斯缇雅,赫菲斯托丝附和道,"我开始也这么认为。"那只红色的左眼也随即看向远方。

神会,确切地说就是称号的命名仪式,新参加的神明的待遇大抵都很残酷。

率领着高级眷族的顶级主神们,仗着自身是神会的元老成员,趁此机会恶整新人。惨叫着接连崩溃的神明和咯咯咯地笑得好不欢快的天神——眼见着这两个极端的阵营,赫斯缇雅只能目不忍视地扭过头。

"好了,下一个。就是建御雷家的……哦哦,这孩子真是超可爱呀!那个,极东出生的话名字是在后面吧……那就叫大和命妹妹,对吧。"

洛基的视线落到手上事先向公会申请来的资料上。

其中除了名字及个人情报,冒险者注册时画的写实肖像画也贴在上面。周围的神明打开羊皮纸卷的同时,纷纷发出惊叹之声。

"这家伙……级别好高啊!"

"果然还是很喜欢黑发啊——"

"嗯,这孩子还真有点……"

"也是啊,对这么纯洁的女孩做出如此残忍的事……真令人热血沸腾,啊,不对,是良心不安啊!"

"真……真的假的?"

在神会上有几种能够回避恶意决定称号的方法。

在会议开始前向掌权者们献上一笔贿赂金是个不错的办法,但因为这样通常会被要求缴纳巨额的金钱,对于尚在发展途中,财力不足的眷族来说是极其困难的。

总的来说,沿用得比较多的就是像刚才会议上发生的那幕一样,眷属成员的人物像被多数的神明看中。相比之下,女性被看上的概率较高。

透过乌云缝隙漏出的一丝光明,令梳着角发的男神建御雷慌忙从座位上弹了起来。

"但是,建御雷不是我们的菜。"

"你这个天然软饭男……"

"不论是女神还是孩子们都被你迷得神魂颠倒……"

"死萝莉控!"

"你们都在说什么呢!"

"命妹妹肯定也遭了毒手……"

"啊啊,既然这份思念无法传达,不如亲手……呼嘿嘿。"

"你们这些混蛋……"

世上没有什么比神明更反复无常。

空欢喜一场的建御雷气得咬牙切齿。

"好的,让我来为命妹妹指引路线!就叫'未来银河'吧!"

"命妹妹啊,你的确是个不错的女孩,可惜你的主神太没用了。叫'零落圣女'吧!"

"喂!住嘴!快给我停下!命是我辛辛苦苦一手培养大的。"

"'天使'?"

"就这个!"

"求你们放过我吧!"

自神会宣布开始,会场的气氛进入了最高潮。

赫斯缇雅和赫菲斯托丝中间也提了几个意见,但完全被无视了。

"那命妹妹的称号就确定为……'绝影'好了。"

"同意。"

"唔哇……哇啊啊啊啊啊啊啊啊啊啊啊啊啊!"

赫斯缇雅同情地看着两手抱头恸哭不已的善良神友,在心中暗许"今晚就请你喝酒吧"。

甚至连被称为武神的男神都被虐得留下两行血泪,此后牺牲者仍源源不断。

痛苦哀鸣的光景持续了半晌,中小规模的眷族成员命名大致结束,终于轮到都市的顶级眷族登场。

继赫菲斯托丝眷族之后,迦尼萨眷族、伊丝塔眷族,这些声名显赫的眷族成员一一被列举出来。

"芙蕾雅,你们家这次好像没有孩子升级呢,难道是太闲了吗?那个天下无人不知的芙蕾雅大人,居然特意在这种小地方露面?"

"没错。在天界时也是如此,无聊可是足以杀死我们的剧毒,所以顺便过来凑凑热闹呢,伊丝塔。"

但凡参加过一次神会的天神,也就有了以后的出席权利。

虽说眷族内没有升级成员的情况下出席会议毫无意义,不过想方设法打发时间的神明们还是会积极参与。迫不及待为冒险者决定称号的那些神就是最好的例子。

对于话语间充满嘲讽之意的美神伊丝塔,同为美神的芙蕾雅若无其事地以微笑回应。

"呵,这样啊。说到闲,你家的孩子不也闲得够可以的嘛。他们大概还在中层逗留,与弥诺陶洛斯没日没夜地格斗吧?孩子跟主神一个德行啊!"

"呼呼,也许你说得没错。"

"啊,话说回来,听说有弥诺陶洛斯闯入上层领域了呢……莫非是你家孩子干的好事,芙蕾雅?如果是这样的话,不知道公会那边会有什么反应呢?"

"这件事啊,伊丝塔。我家的孩子在和弥诺陶洛斯玩耍的时候,半路被一群蒙面的亚马逊人袭击了。弥诺陶洛斯趁机暴走了……真是的,不觉得很无礼吗?真想看看他们主神长着一副什么嘴脸……"

褐色的肌肤上缠绕着性感衣着的伊丝塔表情剧烈地扭曲起来。另一方面,芙蕾雅"扑哧"笑出声后,仿佛暗示话题结束般闭上眼睑。

如今大街小巷中让冒险者们为之骚动的事件真相已经被黑暗湮没。至少在场的神明们是这么认为的。

对于拥有着绝世美貌的美神间的争论,周围的天神只是含笑观望着。

"似乎提到了亚马逊人,难道伊丝塔又去找芙蕾雅麻烦了?"

"谁知道呢。算了,都已经见怪不怪了。伊丝塔敌视芙蕾雅又不是一两天了。"

"看样子这次芙蕾雅更占上风啊。比拼美貌不是什么大事，不过到了这两人身上，气氛就变得危险起来了呢。"

"那你去劝劝伊丝塔啊。"

与赫菲斯托丝小声交头接耳的赫斯缇雅，将目光投向了芙蕾雅。

虽说只是将贝尔卷入危险的弥诺陶洛斯一事，就已经让赫斯缇雅不能视而不见……但眼下这种状况，赫斯缇雅既不能盲目相信芙蕾雅与伊丝塔的一面之词，也不能对其加以责问。

虽然对那位面带微笑的女神抱有疑心，但她还是决定不再妄加揣测。

"喂喂，闲聊就此打住。赶紧回到正题吧。下一个冒险者是……唔呼呼，大本命，咱家的艾丝呀！"

"剑姬来了！"

"公主还是一如既往地美丽动人呢。"

"话说这么快就到 Lv.6 了啊……"

命名仪式一度脱离正轨，不过在艾丝·华伦斯坦这个名字出现之后，众人又兴致勃勃地回到正题。

众神匆匆翻开资料本，印在羊皮纸上的肖像画随即进入视线。少女如人偶般精致的脸庞正视着前方。

下界人们的称号随着每一次的升级都有机会修改。即便被赐予了一个极其怪异的名称，只要在下次神会前研究好对策，还是有希望洗刷污名的。

"咱们艾丝的名称就不用特意变更了吧？"

"也是啊。"

"要换的话，"剑圣"怎么样？"

"欸？"

"这名字一点都不符合咱家艾丝的形象。"

"算了,反正最终当选的名称肯定是——众神(我们)的新娘,对吧!"

"有道理!"

"小心我宰了你们。"

"对不起,我们错了!"

回避那些奇葩称号还有一种方法,就是扩大眷族的势力。

简单来说,只要让周围人认为"跟这个眷族扯上关系会很不妙"就行了。没有哪个天神明知免不了报复还不知天高地厚地去招惹。

洛基那足以杀死人的目光,让刚才得意忘形的神明们悻悻地垂下头。

"真是的,想挑衅也要看清对象吧。算了,继续吧。嗯,接下来是最后一个了。"

赫斯缇雅深深地吸了一口气,屏住呼吸。

手里的资料本只剩下一张还未翻阅。由于是在神会的前一刻,该名冒险者才被列入,所以排到了最后一个名额,而且他的相关情报只记载了最基本的项目。

前阵子还完全处于默默无闻状态的……赫斯缇雅眷族成员——贝尔。

"你家孩子真的升到 Lv.2 了呢……"

见到承认升级事实的,由公会盖在羊皮纸上的印章,赫菲斯托丝眯起了眼睛。

赫斯缇雅竖起了耳朵,不过并不是因为神友的呢喃低语,她朝在座神明扫视了一圈。

那些难掩笑意的脸像是在期待豪华大餐最后的收尾甜点一般,不怀好意、恶劣放肆的笑。

这是最初也是最后的关键时刻——赫斯缇雅如此告知自己。

赫斯缇雅虽在贝尔面前夸下海口，但她并没有想好什么有力对策。尽管如此，她还是默念"着依靠我们的爱与勇气的力量"来为自己打气。

此后，洛基静静地从座位上站了起来。

"洛基？"

"在确定称号前，我有几个问题想问你，小豆丁。"

完全无视周围的反应，洛基以平日没有的尖锐态度，微微睁开了细长的眼睛。

"只用一个半月的时间就让咱们的恩惠升华了，到底是怎么回事？"

"啪"的一声，手掌用力地拍在贝尔的资料上，洛基以锋利的目光紧盯着一脸愕然的赫斯缇雅。

"即便是咱家的艾丝，初次升级也花了一年的时间，整整一年呢！但是，这个少年却只耗时一个多月？你在要我吗？"

八年前，当时才八岁的少女，以惊人速度抵达 Lv.2 的事迹，至今令人记忆犹新。而且，还是身体能力及智慧都远劣于其他种族的人类。

可与过去升级 Lv.2 的最高纪录匹敌的伟业，曾令欧拉丽、令世界为之骚动。

"咱们的恩惠可没那么大的本事。要是一个多月就能让孩子们的素质大幅成长的话，那就没我们的事了。正因为不可能，所以我们才会这么辛苦啊！"

"神之恩惠绝对不是能短时间发挥成效的力量。"洛基如此说道。

属性值说到底不过是契机。它只能将人一生中仅存于脑海，没有实现的可能性挖掘出来，化为有形物体，让人们掌握具体的技能。

能力、技能、魔法——所有的能力都是埋藏于当事人体内的名为"素质"的利刃。而这些在累积的各种经历——经验值的影响后，就会脱离原有形态、进化，或者颓废、变质。埋在土壤中的种子会根据环境的不同而绽放出不同种类的花朵。

因此，属性值是催化剂。

神之恩惠并非能够从外部作用的万能之力，若采用一种不怕被误解的说法，那就是究极的自我实现的钥匙。

"喂，小豆丁，给我解释清楚。"

洛基以更像是恐吓的态度厉声责问。赫斯缇雅心中哗啦哗啦地下起了汗雨。

不妙，非常不妙。

贝尔的技能"一心憧憬"要是暴露的话，这里必然会化作祭典现场——正因为担心发生这种事情，赫斯缇雅直到现在都还在对贝尔本人保密——加上创下最快升级记录，说不定现场的神明会瞬间杀到贝尔旁边。

要死守到底吗？但那也就等同于告诉他们贝尔身上藏有某种秘密。想让洛基坦然接受的话，必须得想个高明的借口才行，但也不可能一下子想得出来啊！

赫斯缇雅脑海中浮现出，在暗无天日的恐怖地狱中，拼命伸手试图逃脱的自己的模样。

"解释不清吗？你该不会是使用了神之力吧？"

"我……我怎么可能这么做？"

"既然没有，那你就说出来啊。如果真的没做什么亏心事，那你就光明正大地解释给我们听啊。"

"唔……"

虽然赫斯缇雅慌忙否认自己使用了被禁止的神之力，但面对是否对贝尔进行过改造的逼问，极力反驳的同时，也让自己陷入了对方的语言陷阱,赫斯缇雅陷入了两难的境地。

连赫菲斯托丝都无法插嘴,露出了一副异常苦涩的表情。

现在圆桌周围的视线都集中在了赫斯缇雅身上。带着"似乎很有趣呢"的表情,众神摆出打算一字不漏听完的阵势,终于让赫斯缇雅流汗的速度到达顶峰。

穷途末路了吗?就在赫斯缇雅准备放弃的时候——

"哎呀,也没什么关系吧。"

优美的语音在耳边回荡。

"欸?"

"啊啊?"

聚集在赫斯缇雅身上的视线开始转移,齐刷刷地看向了声音的主人。

懒洋洋地坐在椅子上的芙蕾雅丝毫没有动摇,若无其事地继续说道:"既然赫斯缇雅没有做出什么不正当行为,那就没有必要强行逼问吧?外人不可干涉其他眷族的内部事项,打听成员的能力值更是禁止的。"

芙蕾雅撩起一丝银发,将其轻轻拨至耳后。

以并非太过关心,只是将眼前的客观事实说出来的态度,芙蕾雅打断了洛基的话语。

"一个多月呀!你难道不明白这个数字意味着什么吗,女神?"

"呼呼,为什么非得刨根问底呢,洛基?就我看来,你现在的态度更让人觉得不可思议吧。莫非你嫉妒了?因为自己疼爱的孩子的纪录被赫斯缇雅的成员打破了?"

"怎么可能!"

面对洛基佯装镇定的回答,芙蕾雅依旧微笑地反问:"真的吗?"

竖起眉头的洛基刚想反驳,却在前一刻控制住。她从芙蕾雅的表情中读懂了,若继续争辩,将会如刚才自己与赫斯缇雅之间对话那般,不知不觉陷入对方的语言圈套,令自己进退两难。

"喊!"洛基不满地咋舌,以狐疑的表情,向旧识女神投去犀利的视线。

"如果只看数字的确让人难以置信……但是,这孩子不是奇迹般地颠覆了等级的差距,打倒了那个弥诺陶洛斯吗?"

"要我说的话啊,那个弥诺陶洛斯不是给他留下过心理创伤吗?那么对这个孩子来说,打败对方获得的经验值应该有着特别的意义,像是解开了心结,因此而升级也是有可能的。我是这么推理的。"

在场的神明被芙蕾雅的一言一语挑拨着。

手中的贝尔·克朗尼的资料中,过去值得一提的经历只有他曾经两次偶遇弥诺陶洛斯,其中一次将对方击溃。周围的神明陆续对芙蕾雅有理有据的见解表示赞同,甚至连洛基都不禁撇着嘴。

神明赐予下界的人们恩惠已过去约上千年。

他们无法否定——也许连他们都不曾知晓的可能性正在某处沉睡。即便像这次般出现脱离常轨的成长现象,也完全不足为奇呢。芙蕾雅拐弯抹角地表达出了这点。

接着,会议暂时陷入了沉默。

虽说大家都很好奇,但也没必要强行将贝尔·克朗尼的实况暴露出来——类似这种主张遵守派系间规则的见解接连被提出,很快,除去小部分神明,已经成为整场的主流意见。

芙蕾雅静静一笑,以优雅的姿态向赫斯缇雅投去目光。

对于悄然而至的银色视线,仍然呆愣着摸不清状况的赫斯缇雅,只能不停地眨眼。

没过多久,芙蕾雅从她的专用座位上站了起来。

"欸,芙蕾雅大人,要回去了吗?"

"嗯。突然有事,请容我先行告退。"

"机会难得,不一起参与讨论萝莉神眷属的称号吗?已经是最后一个名额了呢。"

"呼呼,真是非常抱歉,我确实有急事呢。"

"不过,也好吧……"

芙蕾雅维持站立姿势拿起资料本,俯视起贝尔的肖像画,说道:"既然要起,那就给他起个可爱点的称号吧?"

"OK——"

见到美神今日露出的最美笑容,男神们也都回以爽朗的笑容,一致赞同了这个意见。女神们则向他们投去蔑视的视线。

芙蕾雅最后再次露出笑容,转身背向圆桌。

"好了,拿出干劲来起个像样的称号吧。"

"没问题。"

"不过这个人类……完全没有什么特征呢。"

"该说看上他的家伙非常厉害。""没有记载任何传闻或者评价。"

神明们突然变得一本正经,积极地讨论起贝尔的称号。

面对与刚才截然不同的神会气氛,赫斯缇雅一时陷入沉默,接着扭过头仰视着身旁的赫菲斯托丝,以视线询问:这是什么情况?

赫菲斯托丝露出有些不耐烦的神情,不明状况地耸了耸肩,似乎在说"谁知道呢"。

"可是提供的情报也太少了吧!根本做不了任何参考嘛,公会偷懒也要有个限度吧!"

"他完成升级的时候,神会已经在即。毕竟是最后临时加上

的名额,也难怪啦。"

"外表、特征……白发配上红眼……兔子……叫'兔吉'如何?"

"不行,这名字已经有人用啦。好像是叫韦尔什么的锻冶师给自己锻造的防具取的名字。"

"居然抢在神前面……"

"那个叫韦尔什么的……到底是何方神圣?"

"嗯,迦尼萨大人,你有没有什么意见?"

"叫我迦尼萨!"

"好好好,迦尼萨、迦尼萨。"

"打算认真想个称号的时候,反倒没什么灵感了呢。"

以男神为中心,会场开始了激烈地讨论。

总之,暂时避开危机了,赫斯缇雅歪着脑袋如此想着。然而,就在此时——

一道黑影悄悄落到她的旁边。

"洛基?"

出现在旁边的是洛基。她悄无声息地离开座位,走到赫斯缇雅身边直勾勾地俯视着她。

皱着眉头,以极为不爽的态度,洛基小声在她耳边说道。

"你要注意了,小豆丁。"

"欸?"

"我是说让你擦亮双眼。虽然我非常不情愿对你提出忠告,但若是让那个白痴肆意妄为,我更难以忍受。"

"我是让你提防着点。"洛基抬起头厌恶地说道。

追随着她的视线,赫斯缇雅见到芙蕾雅摇晃着那头银色长发,正准备离开会议现场。

"等……等等啊。要我小心点,到底指的是什么啊?"

完全不明白对方话中的含义,赫斯缇雅条件反射地发问。洛基皱起了眉头。

以"还听不懂吗?"般的视线瞥了赫斯缇雅一眼,接着将自己的脸凑到她跟前。

"白痴,小心点。那个女神,她刚刚可是故意护着你家孩子啊!"

"咦?"

思考瞬间产生空白,赫斯缇雅只能呆滞地望着眼前的洛基。

洛基抬起头来,彻底不耐烦地哼唧一声。

"哼,你是真不懂吗?幸福的家伙啊!算了,反正跟咱们没什么关系。"

"蠢到没救了。"洛基愤愤地嘀咕了一声,回到自己座位上。

赫菲斯托丝默默地关注着整段对话经过。赫斯缇雅怔怔地注视着洛基的背影,随后再次将目光转向芙蕾雅离去的门扉。

咀嚼起洛基的话语,她突然想起了美神朝自己投来的意义深远的笑容。

芙蕾雅刻意护着……那个孩子?

就在某个可能,正要从赫斯缇雅的心中萌芽的时候……

像是刻意阻断她的思考,圆桌周围顿时炸开了锅。

"决定好了——"

气氛还不至于到异样的程度。

但公会本部宽敞的室内,着实充斥着某种紧张感。

"大家是不是都杀气腾腾啊?"

"不是这个原因吧……"

对悄悄凑近自己尖细耳朵旁的米希亚,埃伊娜小声地回答道。

地点不是她们平日工作的大厅，而是在排列着好几张办公桌的第二事务室。

宽敞的室内不同于平日，一股沉重的寂静在当中弥漫。

"祖尔，你在听吗？"

"啊……对、对不起，班长。"

突然被叫到名字的埃伊娜慌忙回过神来。米希亚也连忙摆正姿势。

在她们面前，有位男性兽人正端坐在椅子上，他正以冷静的视线确认着手中埃伊娜所撰写的文件。

"我再说一次，这么做……就等于叫 Lv.1 的冒险者直接送死。"

"是……"

"虽然你也费了不少心思，但是以公会的立场根本不可能公开这种东西……冒险者贝尔·克朗尼的成长范例暂且保密吧。"

说的也是啊！埃伊娜在心里嘀咕着，满怀愧疚地笔直站在原地。

单独迷宫探索，并以杀手蚁为中心，不断地猎杀怪物，最后还与弥诺陶洛斯对峙并正面将其击败。

贝尔到达 Lv.2 秘诀的概要，大致如此。

若将这份活动纪录被定为短时间快速升级的条件，并向冒险者们公开，公会必然会遭受各种非议，比如"这是瞧不起我们吗？"之类的。

"这件事暂且蒙混过关吧，上面那边我会想办法说服的。"

"真的十分抱歉……"

五官线条极为纤细的上司又朝埃伊娜撰写的报告书扫了一眼，随后将其塞进自己的办公桌。恐怕今后再也不会有人看到这份报告书了吧。

把弄着头上毛发浓密的兽耳,他露出无言以对的表情。

"祖尔,还有一件事。"

"请问是什么事呢?"

"今后别再做出这种轻率的行为了。"

"是,我以后会多加注意的。"

最后,他对早上的那件事——把贝尔的个人情报大声喊出来——加以警告。埃伊娜深深地垂下头。埃伊娜对体贴部下的上司深表感激的同时,也对自己的轻率叹了口气。

过了片刻,埃伊娜的上司扭过头说了句"下一个,弗洛特",把米希亚喊到跟前。

"是……是。"

"向神会提交的资料简直太敷衍了,尤其是最后贝尔·克朗尼的那一份。"

"班、班长,那是神会召开前夕接到的升级申请,根本没有足够的时间处理。我已经在最短的时间里做出最大努力了,不要冤枉我偷工减料啦。"

"你的意思我懂……但整体还是杂乱无章。要是天神那边跑来抱怨此事,就交给你自己解决吧。现在我也帮不了你了。"

"呜啊……埃伊娜……"

哭丧着脸朝她肩膀上靠过来的米希亚,令埃伊娜不禁发出第二次叹息。上司背对着她们发出"你们可以走了"的指示后,埃伊娜和米希亚离开了原地。

埃伊娜她们没有直接回到大厅,而是走向了设置在房间角落的茶水间。

操作着早已习惯的魔石装置,两人份的冒着热气的红茶很快就泡好了。

"哈,还真有你的呢,埃伊娜小弟……"

"什么小弟……不过,米希亚,那件事不全是贝尔的错吧?"

"听不到哟,我什么都听不到哟。"

看着"嗖"地转身,以娇小的背对着她的人类友人,埃伊娜只能露出无奈的表情。

桃色的头发在空气中摇曳着,背部微微缩起的米希亚轻啜着红茶。

自打在同一个学区认识起,这位友人的秉性丝毫没有改变,让埃伊娜不禁露出苦笑。

"话说回来,有没有觉得班长他们很不淡定的样子,慌里慌张的。"

"嗯,跟平常不太一样呢……"

从房间的角落眺望过去,室内人员都散发着躁乱不安的气息。

很多职员都在原地来回踱着步,坐在椅子上的人也在频频确认时间。平日从未间断的羽毛笔的书写声,此刻也消失得一干二净。

实际上,埃伊娜她们已经察觉到造成这种紧张气氛的原因了。

"都已经下午三点多了……神会应该结束了吧?"

"大概结束了吧,结果报告应该已经传过来了吧……"

每次神会结束后,都会上演这样的一幕。

此时职员们最关心的,说白了,也就是冒险者的称号。众神所授予的称号无不令下界人士为之震颤、脱帽致敬。因此,每个人都会将神会的结果当成自己的事情一样重视。

原来上司们也会浮躁啊——埃伊娜和米希亚不禁发出如此感慨。

"埃伊娜也很在意吗? 这次会出现怎样的称号呢?"

"我……嗯,也是啊,这次稍微让我有点在意呢。"

"果然?我也是呢,自己负责的冒险者升级了,自然很期待呢!"

两人聊得正起劲的时候,突然毫无征兆地传来"哐当"一声。

气势磅礴的开门声,让房间里的人们齐刷刷地扭过头。

门扉前,气喘吁吁的职员举着一卷文件站在那里。

"来了,神会的结果送过来了!"

"终于等到了!"

"喂!快让我看看!"

他们的动作十分迅速,将工作搁置一旁,争先恐后地挤向门口。众人很快围成了一个圆形,记载着称号的数张羊皮纸卷被七手八脚地传阅着。

很快,赞叹声此起彼伏地响起。

"快看啊,这个称号。"

"哦哦,好厉害……"

"不愧是天神啊!"

"是啊,完全无法匹敌啊!"

"果然神明跟我们不是一个世界的。居然起名叫'美尾烂手'!唉……我的鸡皮疙瘩都起来了。"

"令人毛骨悚然呢!"

"神明居然能轻易想出这种称号。他们果然是值得尊敬的存在啊!"

公会本部以男职员为中心喧哗起来。

他们之间有什么共通点吗?互相意气投合的样子。埃伊娜她们的上司也理所当然般混入人群中激烈地讨论着。不知何时,连从别的部门赶来的女性阵营也不断发出尖叫。

听到突然爆炸似的喧哗,姗姗来迟的米希亚肩膀猛地颤抖

了一下。

"啊,来晚了……我们走吧,埃伊娜!"

"啊,嗯。"

埃伊娜跟着米希亚跑了过去。望着勉强挤进人墙、手舞足蹈地求同事将称号一览表递给自己的米希亚的背影,埃伊娜在脑海中描绘出贝尔的脸庞。

(嗯,希望称号不会很粗犷……)

要是被安上了"鲜血的冒险者"之类的名字该怎么办……埃伊娜擅自想象着下次与贝尔见面的光景——少年兴高采烈地跑到自己跟前,而自己则强忍渗出的汗水,谨慎地措辞告知。

虽然说不上特别违和,但埃伊娜还是觉得那种风格的称号不太适合贝尔的个性。埃伊娜面露苦笑的同时,也在心底默默祈祷希望是个稍显平凡的名字。

"埃伊娜,我拿到啦!来来,快点来看!"

埃伊娜从招着手的米希亚那里接过表。

数张整齐排列着冒险者及他们称号的羊皮纸。埃伊娜快速地扫视羊皮纸的内容,看完一页再换成下一张。

然后,在瞧到最后一页的时候,埃伊娜终于在最下面一行发现了目标。

"啊哈哈——"

"欸,是贝尔的吗?"

埃伊娜不禁笑出了声。

脸部肌肉变得柔缓,小巧的嘴唇勾勒出柔和的笑容。

米希亚的视线越过埃伊娜的肩头也停留在了羊皮纸上,埃伊娜则念出了那个称号。

"是叫'Little Rookie(小菜鸟)'呢。"

第二章 变换的环境，新的关系

© Suzuhito Yasuda

神情恍惚地望着白色天花板。

在空荡荡的教堂地下室内,独自躺在沙发上。

并非想干什么,只是干躺着无所事事地打发时间,"嘀嗒嘀嗒——"以固定频率走动的秒针的声音,静静地诉说着时间的流逝。

与弥诺陶洛斯的对决已经过去三天了。

像这样清闲自在地呆愣在地下室打发时间似乎已成为习惯。

自那场决斗之后,我在巴别塔的治疗室整整睡了两天。

战斗的反作用……肉体的过度使用及精力的极度消耗,使我的脑袋与身体都跟不上节奏,彻底瘫软在原地。如同死人一般,烂泥似的沉睡好久。我现在依旧清晰地记得在半睡半醒之间,视野中的女神与莉莉安心的表情。

后来我被女神和莉莉狠狠地训斥了大半天,接着又睡了半天——之后,就一直维持着这种生活状态。

"等级:2……"

升到Lv.2了。

打心底高兴,绝无半点虚假。

听到升级的瞬间,我兴奋得合不拢嘴。能够让我与梦想更进一步的证明,使我背后燃起的烈火久久未能熄灭。

可是,打倒那头被称作弥诺陶洛斯的怪物的触感,依旧在心中萦绕。

我始终沉浸在与火热无缘的透明余韵中。并不是浑身无力,而是如同漂浮在湖水表面般,任凭自己被那份不可思议的情感左右。

称之为成就感似乎有点粗暴,但说是释放感好像也不恰当。

若用失落感来概括……恐怕是差不多的。

虽然找不到合适的词语表达,但唯一可以确定的是,弥诺陶洛斯在我心里是至关重要的存在。

我甚至觉得达成升级,还不及打倒弥诺陶洛斯的意义重大。

我在腰间摸索一阵,抓住目标物体,然后将其拿到眼前。

尖锐的凸起,破损且带有裂纹,如今已变成长形短刀状的一只角。

掉落道具"弥诺陶洛斯之角"。

弥诺陶洛斯的身体已经全部化为灰烬,只剩下这个和魔石。魔石已经拿去换钱了,不过,这件道具我特意保留了下来。

在魔石灯的照耀下,我用指甲轻轻地刮了刮角的表面。

白色粉末徐徐掉落——不知原本就是如此,还是因为受了我的魔法影响呢,内部通红的芯露了出来。

坚硬的一只角——到最后还企图对我发起攻击的弥诺陶洛斯的武器。

充斥耳膜的、在大脑某个角落不断回响的那只猛牛的咆哮声,如今变得好遥远。

"嗯……"

我站了起来,身体轻飘飘的。

接下来转换一下心情吧,我最后看了一眼那只红色的角,用力对自己点了点头,该从伤感的情绪中脱身了。

我即刻行动起来,抬头看了一眼时钟。

实际上,我今天要去参加一场派对。地点就在我常去的"丰饶的女主人"酒馆。

其实,这场派对本来就是为了庆祝我升级而举办的……

今天早晨我去把篮子还给希儿小姐的时候,顺便将升级的事告诉了她,最后不知为何,就决定在"丰饶的女主人"举办庆祝大会了。

虽然毫不例外照常收费这点很符合她们的处事风格,但她

第二章 变换的环境,新增的关系

53

们实在没必要为我这么兴师动众……好过意不去呀!

（如果非要举办的话,好希望女神也能来参加呢……）

女神大概没时间露面吧。神明之间也经常举办类似酒会或者安慰会之类的集会,说白了就是神明好友之间交流感情的一种活动。

刚回到地下室的时候,女神顺便告诉了我"Little Rookie（小菜鸟）"的称号。

"Little Rookie（小菜鸟）"……嗯,女神激动地抱住我大喊一句了"贝尔,你干得真不错,简直太棒了",很是满意的样子……哎呀,既然女神都这么高兴了,那我还能有什么不满,没有什么不满,没有……什么不满。

正当我胡思乱想的时候,时钟已经显示六点。时间也差不多了,出发吧。

我走出教堂的地下室,登上楼梯,离开了半塌的建筑物。

走到外面的时候,西方的天空已被夕阳染成暗红。夜晚即将来临。

穿过错综复杂的后巷,人声鼎沸的主街道顿时映入眼帘。

"找到啦啊啊啊啊啊啊啊啊啊啊啊啊啊啊啊!!"

"欸?"

正当我刚打算混入眼前人流的瞬间,突如其来叫喊声向我袭来。

什么?我甚至无暇环顾左右,眨眼间就被数位神明包围了。

欸,神明……

"忙活了半天也没找到萝莉神的总部,可把我们累得够呛……"

"看来在这附近监视还是有点作用嘛……"

"埋伏是狩猎的基本。"

"你终于出来了呀,小兔子!"

背后袭起一阵恶寒。

面对将我团团包围的数双眼睛,我莫名其妙地胆怯起来。最后朝我递来的那个眨眼更让我的脸瞬间变得惨白。

完全摸不清状况。

她们接连说出的令人摸不着头脑的话语使我陷入混乱。

"先下手为强!贝尔,要不要加入我们的眷族啊!现在入团的话,眷族会全员出动热烈欢迎你哟!"

"啊,你这家伙!太没底线了吧,有点节制好不好!所以说才是弱小的眷族⋯⋯"

"杂七杂八的人都一边去!贝尔·克朗尼,到这里来!你夺走了我的心!呼呼,真是只罪孽深重的小兔子啊!"

"你到底想对这孩子做什么?"

眼见向我步步紧逼的神明们个个来者不善,我不由得倒吸了一口凉气。

邀请我加入眷族?为什么现在才来?

我刚来这座城市的时候,明明被无数派阀拒之门外⋯⋯

"那⋯⋯那个,我已经加入了女神⋯⋯赫斯缇雅大人的眷族了⋯⋯"

"在爱的面前其他东西都不重要,不是吗?"

"给萝莉神当眷属大材小用了!"

根本没在听我说的话⋯⋯

"说实话,你成长速度如此惊人的真正原因是体质吗,还是技术,还是说你作弊了?"

"稀有技能。稀有技能?喂喂,绝对是因为稀有技能吧!"

"我对这孩子背上的东西有点好奇呢。"

第二章 变换的环境·新增的关系

"如果你不介意的话,能把衣服脱了吗?只脱上半身就好了,我可以给你很多钱……唔呼。"

"或者说,我们强行剥下,可以吗?"

"强人所难貌似也蛮刺激的。"

"呼嘿嘿——"

我全速逃离现场。

"啊,终于来了喵!"

"啊哈哈,你竟然好意思迟到啊,冒险者。"

到达"丰饶的女主人"的时候,月亮已经升至顶空。

我手扶着入口处的柱子,低着头大口大口地喘气。急促的喘息根本无法停止。

就在刚刚,我一溜烟逃进错综复杂的后巷,甩掉了缠人的神明们。

明明凭身体能力完全可以轻松解决他们……到底是怎么回事?甚至有几次差点被魔爪逮住,有种死里逃生的感觉。第一次发现神明原来是如此恐怖的存在。

为什么会突然出现这种状况……

"希儿小姐她们等候你多时了喵。虽然厨房那边已经忙得不可开交,但还是通融了喵,所以你也抓紧时间吧喵。"

"对……对不起……"

"主角不出现,其他人也没法开始呀,快点去吧。"

猫人店员亚妮雅小姐一面抱怨着,一面出门迎接我。人类店员……我记得是叫露诺雅小姐也调侃了一番。

擦干汗水,我重新站直身体,走进酒馆。

"贝尔大人!这边请!"

座无虚席的店内依旧生意火爆,店铺深处的莉莉用力地冲我挥着手。她站在椅子上,心情很好的样子。

莉莉也应约来参加今晚的派对。毕竟机会难得,我试着邀请了她,结果她很爽快地说一定会来,所以我提前跟希儿小姐她们打过招呼了。

突然心中冒出一个想法,要是艾丝小姐也在就好了。不过,那个人正在地下城的深处远征,根本不可能来参加。为了消除自己的贪念,我轻轻地摇了摇头。

预留的桌子就在柜台角落——我的特等席附近。除了莉莉还坐着希儿小姐和琉小姐,她们仍旧穿着店里的制服。

面对向我递来微笑的希儿小姐以及用视线同我打招呼的琉小姐,我低下了头,回礼的同时,也算是表达我迟到的歉意。

"贝尔……"

"是赫斯缇雅眷族吗?"

就在我快步向她们走去的时候,数股异样的视线向我脸颊附近刺来。

人声鼎沸的店内,混杂着气氛怪异的议论声。

我一边继续往前移动,一边歪着头寻找声音的出处。

"白发人类……没错。是叫什么来着……Little Rookie(小菜鸟)?"

"就是那个小鬼吗?"

"好像被称为世界最快兔(Record Holder)呢。"

"喂喂,已经决定了吗?肯定是神明那群家伙在故弄玄虚吧?不管怎样一个月都不可能做得到吧。"

"就是啊。"

"不过干掉了弥诺陶洛斯似乎是真的。就是出现在第9层的

那个家伙。"

"不过是斩杀了一头弥诺陶洛斯而已吧,有什么大惊小怪的。"

"那你Lv.1的时候有本事打倒弥诺陶洛斯吗?前提是单挑哟。"

"嘿嘿,谁会去干那种不要命的蠢事啊?!"

穿过几张桌子向前走动的期间,不断有人瞟向我,同时还掺杂着阵阵窃窃私语。

意识到自己已成为众人目光的焦点,我顿时有点手足无措。虽然这么做显得有些怪异,我还是没忍住好奇心,把视线移向侧面,与我四目相对的那位冒险者嘴角突然抽搐了一下。

我莫名其妙地紧张起来,极力压低身子,逃也似的奔到桌子旁边。

"一跃成为众人瞩目的红人了呢,贝尔大人。"

"是……是吗?我怎么觉得心里慌得很呢……刚刚也是,被一群来路不明的神明们追来追去……"

"这就是知名冒险者的宿命啦。不只是贝尔大人你会面临这种状况哟,还请慢慢忍耐吧。"

面对满脸微笑的莉莉,我突然有些难为情。

我把手伸向脑后,有些扭捏。

"呼呼,那既然贝尔先生都来了,咱们就开始吧。"

"那个,希儿小姐不用帮忙照看店里生意吗……"

"蜜雅妈妈说了,今晚我们都借你了,尽管喝个痛快吧。记得付钱就行了。"

听完琉小姐平静的话,我不禁发出苦笑。

柜台后的老板娘蜜雅阿姨一边豪爽地笑着,一边用力朝这边挥手。想必是在示意我们今天就不用拘束,尽情畅饮吧。

接着,我们纷纷举起手里的酒杯互相干杯。

难得蜜雅阿姨推荐,我也决定尝试喝酒。总之点杯啤酒再说。

希儿小姐要的橘色果酒,莉莉说她不会喝酒只要了果汁,而琉小姐从头至尾都在喝水。结果,只有我和希儿小姐点了酒……

等到饭菜上桌,向我们这边投来的视线也消失了,总算可以松口气。我与亚妮雅小姐和克罗艾小姐有一搭没一搭地交谈着,悠闲地享受这段美好的时光。

出于之前的小偷事件,莉莉对琉小姐她们依旧有些畏惧,但她丝毫没有表现在脸上,咯咯咯地笑得好不欢快。希儿小姐也全程面带微笑,琉小姐则爽快地附和着。

我来之前到底发生了什么?看着莉莉的侧脸,我不禁如此想着。

"来吧,贝尔先生,尽情地喝。贝尔先生今天可是主角。另外还想吃点什么吗?"

"啊,谢谢……"

不知何时希儿小姐出现在我的旁边,非常殷勤的照顾着我。

给我斟酒,往我的小碟子里夹菜,不停地与我搭话,好不热情……不知为何,感觉像平日一样面带微笑的莉莉有点恐怖。我不由得露出愕然的神情,希儿小姐依旧心情不错。

"怎么感觉……你今天好像特别高兴呢,希儿小姐。"

"是……是吗?"

希儿小姐看起来有些兴奋,她摸了摸微微泛红的脸颊,露出略带害羞的笑。

"说是我的功劳可能有些狂妄自大了……不过将那本书交给贝尔先生,多少帮到你了吧。想到这里我就特别高兴。"

那本书指的是魔导书吧。她炽热的目光笔直落在我身上。

© Suzuhito Yasuda

与我对视的希儿小姐微笑着投来的视线太过热烈。

正当我陷入混乱,莉莉伸出手掐得我剧痛。

出于各种原因,我的脸极力扭曲。现在的我究竟是怎样的表情呢?

"不过,真的要恭喜你呢,克朗尼先生。没想到你能凭一己之力升级……我之前似乎小瞧你了。"

"不,哪里的话……"

琉小姐坐在我正对面向我表示祝贺。

虽然琉小姐没有露出别的表情,但我还是觉得难为情。

"多……多亏了很多人的帮助啦。也包括琉小姐,我……"

"不用这么谦虚啦。即便在被归类为 Lv.2 的怪物中,弥诺陶洛斯也是无比强大的存在,能打倒它也算是一大壮举了。克朗尼先生,你完全可以引以为豪哟。"

琉小姐一本正经地对我说道,凛冽的目光始终凝视着我。

现在说这话可能有点晚,不过我真的很不习惯被人大肆夸奖。

我低下通红的脸,只是呻吟般地挤出一句"是……"就已经竭尽全力了。

希儿小姐又在"扑哧扑哧"地笑我了……

"莉莉可是为您担心得要死。您都不知道莉莉有多少次心痛得快要裂开了……"

"对……对不起,莉莉……"

"不过,你非常帅哟,贝尔大人!"

别、别再夸我了……

对于突然将脸凑到我的肩旁、可爱地向我微笑的莉莉,我终于败下阵来。

她的脸颊带着淡淡红晕,大大的栗色眼眸以超近的距离凝

视着我。

可能酒精也起了部分作用吧,身体开始发烫了。

"克朗尼先生,今后打算怎么办呢?"

"欸?"

"我很好奇你们今后的动向呢。"

结束与莉莉她们的对话之后,我正准备继续同这杯还没喝就涌起一股浓厚苦味的酒战斗,琉小姐向我搭起话来。对于她的疑问,我不假思索地将今后的打算说了出来。

"那个,总之明天打算和莉莉一起去筹备装备道具。毕竟我的防具什么的都已经完全损坏。"

"关于这件事,贝尔大人……"

"怎么了,莉莉?"

"其实我留宿的那家店突然多了很多工作……明天,莉莉可能没法陪您去了。"

"欸,这样啊?"

莉莉满怀歉意地缩着身子。不过既然她住在那里给人家添了那么多麻烦,帮忙打理店里工作也是应该的吧……我告诉莉莉不用在意,然后开始考虑明天的计划。

差不多也该继续开始地下城的探索了,为此必须要先备好合适的防具。

反正买装备我一个人也可以做到,明天自己去应该也没关系。

虽说我没什么辨别能力……就当一次见习吧。

"那贝尔先生打算明天一个人去买东西吗?"

"应该是我一个人吧。"

"既然如此,那我陪你一起去吧。"

"欸!"

听到希儿小姐的提议,我条件反射地发出怪叫。

莉莉也吓了一跳,随即竖起眉毛,流露出充满威吓的气氛……

"为……为什么突然想跟我一起去?"

"我也差不多该上街给店里购置一些东西了……虽然可能会妨碍到你,如果贝尔先生不介意的话,我也想和你一起上街买东西。"

"不能答应,贝尔大人!希儿大人一定是想找个方便使唤的搬运工!哼哼,莉莉已经彻底看穿了她的阴谋!再这样下去,贝尔大人一定会被吃得连骨头渣都不剩的,请拒绝她!"

"不、不用说得这么可怕吧……"

莉莉发出强烈的抗议,我流着汗向希儿小姐的方向看去。

她完全没有理会莉莉的话,脸上依然挂着那副微笑。浅灰色的眼眸逐渐柔和起来,仿佛在说:我可不会那么做哟。

怎么办啊……

只是陪我买东西的话倒没问题,再说我也不好意思强硬地拒绝……啊,不过,希儿小姐可是有坑害我的先例,比如最初被邀请到这个酒馆的时候……还有之前也强迫我帮她洗盘子。

正当我被夹在莉莉的抗议与希儿小姐的微笑间进退维谷、束手无策的时候——突然传来一阵说话声。

希儿小姐的背后悄然出现了一个巨大的影子。

"别说傻话了!"

"呜哇?!"

朝着斜下方挥出的盘子,"咚"一声砸在希儿小姐的头上。

是蜜雅阿姨。她毫不留情地敲了希儿小姐的脑袋,俯视着用手捂住脑袋的她。

"动不动就让你休息的话,我这边的生意怎么办啊?你这个

不良少女,不要得意忘形了!"

"想不跟我商量就翘班,脑子里装的什么呢!"蜜雅阿姨继续训斥道。

趴在桌子上强忍疼痛的希儿小姐缓缓站了起来,抬头看着蜜雅阿姨。

卷成丸子状、还垂下一束马尾的浅灰色头发正对着我们。虽然看不到她的表情,想必她此刻正以充满愤恨的眼神进行抗议吧。从她的背影就很容易察觉到。

"用这种眼神瞪我也没用。在这里我就是法律。琉,明天给我看住希儿。"

蜜雅阿姨哼了一声,还没等琉小姐回答便回到了柜台后方。

其他客人发出的欢快喧闹声将沉默的我们层层包围。

尴尬的沉默氛围持续片刻,希儿小姐终于回过头来。

"贝尔先生,我受伤了。能不能摸摸我的头安慰我一下?"

"好了,贝尔大人!明天无论如何都要一、个、人……物色到好装备哟!莉莉很期待呢!"

我很担心莉莉和希儿小姐以后会不会掐起来。

"克朗尼先生,那之后呢?"

"欸?"

"我是说,你购置好装备之后打算怎么办呢?"

"我没听懂……问题的意思。"

"也难怪你不懂,那我就直截了当地问好了。克朗尼先生和厄德小姐,你们再次开始攻略地下城的时候,打算立即前往中层吗?"

听完这些话,我才终于理解琉小姐的意图。

我与组成队伍的莉莉交换了一下眼神。

"我们打算先在第11层观察一下目前的身体状况。如果能够轻松攻略该层,就打算继续潜入第12层。"

"嗯嗯,这个计划很明智。"

我告诉琉小姐,自己打算确认升级后的实力,再突破至作为上层分界线的第12层。做好充分准备,探明各方面状况,再向中层进发,这是我与莉莉共同商讨决定的。

或许琉小姐对现在的我们还不大放心。

"虽然我说的话可能有点多管闲事……不过,我还是认为不要草率潜入中层为好。至少从你们目前的状况来看,我是这么判断的。"

"也就是说,琉大人认为贝尔大人和莉莉在中层完全敌不过怪物是吗?"

"我不是这个意思。但上层和中层的构造是完全不一样的。虽然现在可能不适合说这些……"琉小姐继续说道,"不是每个人的能力问题,而是一个人根本无法应付。中层就是这样的地方。我不知道厄德小姐具体能帮到多少,不过只凭克朗尼先生一个人,根本无法应付怪物和地下城的地形。"

"这么说,琉大人……"

"没错,你们应该增加团队的成员。"

据说攻略地下城,三人一组是基本的构成。至少公会是这么建议的。

三人一组……也就是攻击、防御、支援相互协助发挥机能的体系。

前锋进行攻击的时候,中卫随时准备防御敌方的反击,偶尔还要担任前锋候补工作,后卫则进行远距离的支援攻击,或者负责对受伤的前线二人进行恢复治疗。

受到怪物攻击的时候也是同样的道理。如果后卫有能够反

击怪物的能力的话,即便被数只怪物同时围攻,前卫中卫也能勉强挺住,突破僵局。

但倘若是两人一组,落到每个人身上的负担就会非常重,孤身奋战就更不用说。反过来说,如果组队成员不能保证三人以上的话,攻略地下城将会非常困难。

比起大幅度提高个人能力,增加一个队员对于团队来说更有意义。

只有我和莉莉组成的小队,接下来要攻略地下城将会异常艰难——琉小姐是如此判断的吧。

"不过,琉,如果只有贝尔先生和莉莉小姐的话,逃跑会很容易吧?如果人数多起来的话,就会有人拖后腿了。"

"希儿说得也有道理,但如果现在就想着逃跑的话,表示你们已经陷入困境了。与其一开始就为自己陷入绝境做准备,不如好好想想如何避免这种情况,才更具建设性。"

我忍不住发出一声感叹。

曾经的冒险者提出的经验之谈,对现在的我们来说有很大的说服力,也容易让人接受。

"必须做好万全的准备。目前的你们至少还需要邀请一个人加入你们的队伍才行。"

我很清楚琉小姐想表达的意思。莉莉也频频点头,表示会好好考虑。

可是……关键是眼下没有人愿意加入我们呀!如果有目标的话早就一起组队了。不过也正因如此,琉小姐才建议我们再找一个队员……

眼前的琉小姐看似有什么难言之隐,自然不能考虑。此外认识的人也只有米赫大人那里的娜扎小姐了……嗯,她也不行啊。我不能强迫对怪物有心灵创伤的那个人一起组队啊。

果然还得试着邀请其他眷族的成员吗?

我苦恼地用手按住额头。

"哈哈,在为组队的事情烦恼吗,Little Rookie(小菜鸟)?"

欸?听到突如其来的超大音量,我忍不住叫出了声。

扭头一看,原来是其他桌子上的客人一边大口喝酒,一边向我们这边扯着嗓门大喊。

就在我满脸茫然的时候,那位男性冒险者的客人,领着两名伙伴朝我们这边靠近。走到背朝他们的琉小姐身后,停下脚步。

不过……好粗犷啊!

额头和脸颊上留有明显的伤痕……令人不由自主地想要退缩。

"我听到你们的谈话了。你们似乎需要同伴?既然如此,那就加入我们的队伍吧?"

"欸!"

这次我是真的大吃一惊。

未曾谋面的陌生人,突然就邀请我加入他们的队伍。

"到……到底是怎么回事?"

"没怎么回事啊。就是出于好意,好意而已。看到同行这么为难,心胸宽广的我决定伸出援手。嘿嘿,我的样子看起来不像吗?"

"没……没有,我不是那个意思……"

"对吧?只是互相帮助而已啦,互相帮助。而且,你现在可是备受关注的焦点人物,让你加入我们的队伍也没关系……对吧!"

"唔……"

好浓的酒味……

强烈的气息扑鼻而来,让我忍不住想要扭头避开。希儿小姐也露出了苦笑,莉莉则毫不掩饰地露出不满的表情。啊,也是啊!她对冒险者过敏……

第二章 变换的环境,新增的关系

离冒险者最近的琉小姐应该比我受害更严重,难道她已经习惯到这种程度了吗?居然可以面不改色地端坐在椅子上。

"然后呢!我们帮忙把你带到中层,但作为回报……"

嗯?

剧情发展似乎有点……

"你得把这些姑娘借我们玩玩!这些标致的精灵姑娘们!"

哇……哇!

"我也想让精灵给我斟酒呢,你懂的吧?我不知道你到底花了多少钱雇她们,不过同伴之间分享可是最基本的品德,对吧!"

虽然我也花了不少钱……但这些都不重要。

除了最中间那个一直喋喋不休的冒险者,他后面的两个同伴,怎么说呢?正用非常下流的眼神觊觎着希儿小姐和莉莉。莉莉早已露出无比厌恶的表情。

不行,这怎么行!

居然用如此色眯眯的眼神盯着女人,怎么可以与他们合作?

虽然我依旧不擅长应对这种场面,但现在希儿小姐她们在场,我多少要展示一下我的"男子汉气概"……

尽管还没有组织好要说的话,但还是决定先明确地拒绝再说。

"谢谢,不用了。他不需要你们的协助。"

不过,有人比我更早开口。

一直保持沉默的琉小姐先开口说道。

"哦?你说什么,精灵小姐?你的意思是我们几个保护不了他吗?"

"没错,所以请回去吧。"

"哼哼,喂,听到了吗!初来乍到的菜鸟冒险者居然嫌我们碍手碍脚!应该是我们嫌弃他才对吧,哈哈!"

男人们哄笑一堂。我失去了起身回绝的机会,迟迟插不上话。

我的屁股在椅子上方半抬着,不知该站起来还是坐下。

"小姑娘,中层这种地方我们几百年前就玩过了。"

"是吗?"

"当然,而且我们所有人都是Lv.2。"

"我知道了。那么请快点滚吧。你们配不上他。"

男人豪爽的笑容突然发生变化。

笑容从他们脸上消失了一瞬,继而又哄笑起来。这次是眯着双眼如同戴着面具般的笑容。

眼下的气氛十分紧张。

"小姑娘,我们有那么不可靠吗?甚至比不上那个废物一样的小鬼吗?"

男性冒险者又靠近了一步,试图把自己的手搭到琉小姐肩上。

啊,刚打算站起来的瞬间,我突然想起了那个传言。

精灵不允许自己不认同的人与自身发生肌肤接触的。

"别碰我!"

琉小姐的动作可谓电光火石一般。

她以迅雷不及掩耳之势抢过我喝了一半的啤酒,越过右肩朝后挥去。

下一个瞬间,"咔嚓"一声,正要放在琉小姐肩上的手不偏不倚地套进了酒杯。"啊?"男人的双眼瞪得浑圆。

接着,琉小姐一边起身,一边扭动啤酒杯。

"好痛,好痛痛痛痛痛痛痛痛痛痛痛啊!"

外表粗犷的男人手臂被扭曲到了近乎诡异的程度,同时发出悲惨的叫喊声。

第二章 变换的环境,新增的关系

"不，真是抱歉。这只是我个人肆意任性的想法。我不想让克朗尼先生和你们组队。"

望着男人痛苦扭曲的脸，琉小姐表情淡然地说道。

"而且也不许你们瞧不起他。他是我的朋友。"

她狠狠地瞪着僵在原地的三个冒险者，接着又扭动了啤酒杯。

叫喊声愈加惨烈。在惊慌失措大喊大叫的同伴们的帮助下，男人的手终于从杯子里拔了出来。

"咚哒"一声，他一屁股坐在了地上。

"你……你个混蛋?!"

"死贱人！"

"竟敢如此嚣张！"

就在琉小姐的话重重地敲打着我内心的同时，气急败坏的男人们怒气冲冲地恶言相向。

琉小姐瞬间举起短刀。三个大男人准备围攻她一人。不过，在那之前……

"噶当！"一声钝响在他们脑后炸开。

"哈咕?!"

男人的同伴们相继倒在地上。

一脸愕然、浑身僵硬的男人背后，两名猫人扛着半毁的椅子。

"喵呼呼，后脑可是毫无防备喵。"

"男人真是麻烦喵。"

是露出神明般笑容的克罗艾小姐和猫耳微微前后抖动的亚妮雅小姐。

很明显是她们从后面攻击了对方……不过才一击！就把Lv.2的冒险者给打倒了！

"客人，我们店里的精灵性格凶暴，你们还是适可而止比较好哟。"

抱着几个用过的碟子与酒杯的露诺雅小姐平静地向最后一个站着的男人发出通牒。

乍一看没有丝毫战斗的打算,可在我眼中她却已经进入了临战状态,莫非是我眼花了?

周围传来了"啊啊,被干掉了"之类的议论声。其他客人仿佛早已预知结果一般,相继笑成一团,期间不断瞧向那个完全被孤立的男人。

"你、你们这群人到底怎么回事啊啊啊啊啊啊?!"

男人将手伸入腰间,在魔石灯的照耀下抽出了明晃晃的武器。

是短剑。狂躁不安的冒险者男性随时都可能挥动那把武器,看到"丰饶的女主人"的店员们纷纷眯起了眼睛。

我的脊背条件反射地颤抖了一下。

下一瞬间,这名冒险者就会迎来悲惨结局吧?

其他方向发生了大爆炸。

(这、这次又发生了什么?)

大脑跟不上眼前眼花缭乱的状况,我半混乱地扭头看去……这次彻底哑然了。

柜台……原本呈水平细长状的桌子,现在变成了V字形。坐在柜台边的客人们,都惊讶地半张着嘴。

柜台中间的地板塌陷进去,站在那里的是狠狠挥下拳头的蜜雅阿姨。

露诺雅小姐们齐刷刷地露出胆怯的神情。

"要闹事的给我滚到外面去。这里是吃饭喝酒的地方。"

店内瞬间鸦雀无声。露诺雅小姐将视线从巨型矮人身上移开,默不作声地回到自己的工作岗位上。

蜜雅阿姨最后从正面看着脸色铁青地呆在原地的冒险者。

"喂,那边的蠢货,带着躺在地上的那两个笨蛋快点滚吧。下次还敢来胡闹的话——就把你埋在这个店下面。"

埋在店下面太恐怖了吧!就在我浑身冒汗的时候,男人一言不发地点点头,抱起他的同伴,逃也似的向酒馆门口奔去。

"蠢货,付完账再走!"

"是……是!"

在蜜雅阿姨狠狠的训斥下,男人似乎留下了身上所有的金钱,装满法利金币的钱袋整个丢在地上。

冒险者们连滚带爬地离开了酒馆,店内也渐渐恢复了喧闹的气氛。仿佛什么都没发生过一般,霍比特人们开怀畅饮的声音再次热闹地回响起来。

这个酒馆能让Lv.2的队伍灰溜溜地逃跑……

而我只能像局外人似的呆呆观望……

"对不起,难得的热闹场面被我们给搅和了。"

"怎……怎么会?我们完全没事……"

"呼呼,琉大人果然很厉害呢……莉莉被踢到的肚子还生疼呢。"

与惊慌失措的我相反,莉莉很自然地称赞了表情平静低头向我们道歉的琉小姐。

难道只有我不习惯这种场面吗……

受到那场混乱的影响,现场的气氛有些尴尬,但希儿小姐还是站了起来,用力拍了拍手。

"那么,我们重新开始吧?"

这个人也好强悍。

希儿重新点过饮料,给每个人递来新的酒杯,我不禁露出苦笑。

这次让我再次见识到"丰饶的女主人"的店员们是多么的不好惹。

骚动过后,我们一边喝酒,一边吃着美味的料理,直至深夜。

☙

晴空碧朗,舒适的微风迎面袭来。

现在是庆祝会结束后的次日清晨。

我把手举在头上,遮住炙热的阳光,静静地仰望眼前的白色巨塔——巴别塔。

因为要购买装备,我打算再度光临赫菲斯托丝眷族的武器店。

毫无疑问,这里出售的武器品质都非常有保障。再说自己也没什么鉴定眼光,没必要去其他店受人坑宰。再加上之前和埃伊娜小姐一起来过,所以还算比较熟悉。

价钱方面也不用太在意,毕竟这之前还是攒了不少钱的……而且,前几天把弥诺陶洛斯的魔石换成了钱,那东西居然值五万法利。兑换处的人也非常吃惊,可能是因为那头弥诺陶洛斯比较特别吧……毕竟它还装备着大剑呢。

总之,我手头的预算居然有十万法利以上。我忍不住扬起嘴角,穿过巴别塔的大门。

我没有使用魔石升降机,而是从楼梯爬到了八楼的目的地。

偶尔从某个窗户望下去,湛蓝的欧丽拉的风景十分美丽。

(到了。)

第八层。

除了用于连通上下层的升降机所在的中央部分之外,周围一圈也分布着很多的商店。设计成剑或者枪等武器形状的招牌,

装饰在商店大门口。

沿途的各个店铺我都会进去看看，最后终于来到了那家防具店。

护身用的轻型护甲已经完全损坏，首先挑选这个吧。

店内依旧是一片铠甲的森林。与上次来的时候相比，店内模特身上穿的铠甲色彩方面单调不少，全都是黑色或者灰色。

（这一层的防具我都能买得起……吧？）

我逐一查看物品的价格……两万一千、三万五千、六万四千……嗯，看起来都能买得起。不过我不只是要买防具，挑的时候还得慎重。

不久之前，我做梦都没有想到自己会有这么一天。

（已经卖完了吗？）

从质地坚韧到装饰华丽的款式，虽然连高级铠甲都可以任意挑选，可我却仍在寻找那位锻冶师的作品。

被弥诺陶洛斯破坏之前我一直穿着的轻铠甲。名字好像是叫"兔铠"还是什么……质轻、坚固，最重要的是贴合我的体型。

我走遍了店内的每一个角落。就跟上次淘到那件铠甲时一样，我连放在商店角落没有被展示出来的铠甲以及堆满铠甲部件的箱子都逐个找过了。

收获——无。

肚子仿佛出现了消化不良的症状。明明没有必要非选他的不可。

我记得好像是叫"韦尔夫·克罗佐"吧。

（姑且问问看吧。）

不肯罢休的我走到柜台处询问。

明明有很多比之前的铠甲还要出色的防具，可我还是不肯死心。

我什么时候变成它的常客了呢？

"为什么……如此执着……"

往前走了一段距离，就找到了柜台。然后就听到从那个方向传来一阵怒吼。

两个柜台的其中一处，"赫菲斯托丝眷族"的店员似乎在与客人争论什么。看样子似乎是吵了起来。

"为什么每次每次……都放在那种角落……是跟我有仇吗……"

稍微靠近之后，说话声很清晰地传入耳畔。

有位男性人类站在面露难色的店员面前。穿着黑色的和式便服……确切地说，那件衣服很破旧了。

赤色的头发让人联想起火焰，年纪比我大吧，身高也略高于我，中等身材。

留着稍长的短发，给人一种因为头发太长碍事，自己随手修剪过的感觉。

柜台上放着装满了轻铠甲部件的箱子，从他朝店员抱怨的阵势来看，好像是冒险者。莫非是他买的防具有缺陷？

"我可是拼尽全力制作出来的！就不能摆放在更像样点的位置吗？"

"但这是上面的决定……至少要有人愿买才能更换摆放地点。"

"你故意找借口搪塞我吗？既然如此那更要——"

穿着便服的冒险者态度暴躁地理论着。

柜台的店员也以极其不耐烦的眼神盯着他，接着那位店员注意到我的存在，微笑着说了声"欢迎光临"。

虽然我很好奇，不过还是走到旁边的柜台，打算向面前的店员咨询。

"有什么事可以帮您的吗？"

"是的。我想问现在店里已经不卖韦尔夫·克罗佐先生的作品了吗？"

突然,现场鸦雀无声。

不仅我面前的店员哑然无声,连在旁边争吵的两个人都愕然地看向我这边。

欸……怎么了?

被三个人同时盯着,我不禁有些畏缩。

"啊,那个,您想买韦尔夫·克罗佐先生的作品吗?"

"是……是的。我想要韦尔夫·克罗佐先生的防具。"

面对店员战战兢兢的提问,我的回答也结巴起来。

接着,下一个做出反应的不是面前的店员,而是刚刚提出抗议的青年。

"呼……哈哈哈哈哈哈哈哈哈!活该!即便是我,也好歹有一两个客人的!"

还以为他要继续开怀大笑,结果那个人突然转过身冲着刚刚还在与他争执的店员,"啪"的一声用力拍了一下柜台。

店员似乎不知该如何回应,难为情地左右挪动视线。

就在我搞不清状况,无法掩饰疑惑之意的时候,青年立刻转过身来。

"有呀,冒险者。韦尔夫·克罗佐的防具这里呢。"

"欸?"

"就是这个。"

"吱"的一声,他将装满铠甲的箱子推到我面前的柜台上。

那里面是散发着白色光芒的钢铁色轻型铠甲。

这套防具和我之前使用过的非常相似。

虽然细节部分的形状稍有不同……但我绝对没有看错,这是真货!

"怎么样,要不要买去用用?"

"欸?这、这个不是你的东西吗?"

不知他是如何理解我的提问的,他朝我眨了一下眼睛,露出孩子般的笑容。

他就这样一直冲我笑着。

"是啊,这是我的东西……是我打造的作品。"

"欸?"

"难得碰面,我先自报家门吧,老主顾一号。我就是韦尔夫·克罗佐,隶属于赫菲斯托丝眷族的、目前还是低级的锻冶师。"

"要签名吗?"克罗佐先生像个可靠的大哥哥露出微笑,望着神情恍惚的我。

◆

"这么说你就是那个Little Rookie(小菜鸟)吗?刷新了纪录的世界最快兔(Record Holder)!"

"你的声音太大了……而且世界最快兔这名字……"

我慌忙让对面的克罗佐先生压低声音。

我和克罗佐先生在八层的小休息室的魔石升降机附近交谈着。

在店里简单地交流过后,他提议与我谈一谈,就邀请我来到这个地方。

没想到克罗佐先生的作品只卖出过两次,作为买主之一的我居然还想再买他的防具,所以他对我非常感兴趣。

长久以来的辛勤付出……虽然经营方给了不错的评价,却没在店里得到相应的待遇,曾经卖出的作品还被人要求退货,

眷族的同事们全都是居心叵测的人……总之，他向我倒了不少苦水。

似乎因为有了识货的顾客，心情变得明朗起来了，克罗佐先生不时向我投来沉稳的微笑。虽然认识还没有多久，但他给我一种举止大方的职业锻冶师的感觉。

"你真的比我还小呀！不过，冒险者也无关年龄，对吧？"

我好不容易找机会做完自我介绍，克罗佐先生轻轻歪着头，红色头发随之在风中飘荡。

比起俊美，帅气一词可能更适合他，精致的五官给人意志极为坚强的感觉——如同言而有信的工匠般——眼神以及紧绷着的眉毛，在稍显拘谨的我的眼里，十分帅气。

他的体形算不上魁梧，或者用纤细描述更加合适，不过从他敞开的领口看去，由于长期从事锻冶工作的缘故，他的脖子和胸膛线条十分优美。

"那个，克罗佐先生的年纪是……"

"我今年十七岁。对了，不要叫我克罗佐先生。我不喜欢自己的姓。"

聊着聊着，他突然如此叮嘱我。

虽然直呼其名让我有些别扭，不过我还是遵从了他的意思。

"那么……韦、韦尔夫先生？那你找我有什么事吗……"

"喂喂，非加先生两个字不可吗？好吧，这次就不计较了。听我说啊……"

韦尔夫先生从椅子上站了起来，俯视着我。

他脚边放着装有新铠甲的箱子。他对店员说了一句"这本来就是我打造的东西，我拿走你们没意见吧"，然后擅自抱起防具拿了过来。

"那我就有话直说了，我不想放你走。"

"啊?"

"我的作品不论是剑还是铠甲统统卖不出去。虽然从我嘴里说出这种话可能有些自大,但我真的对自己的作品很有自信。可是,完全没用。刚卖出去的作品似乎也被退货了。我不知道为什么。"

兔铠……可能是武器名字的问题吧。作为外行人的我实在说不出口。

"不过,你出现了。认可我的防具价值的冒险者出现了。"

"那个,所以呢?"

"你接连两次来买我的作品,那么就算是我的客户。不是吗?"

他这么说也没有错。

即便是在那片铠甲森林中,我还是固执地想找韦尔夫先生的防具。

"结果,我们这些低级的锻冶师被逼着要争夺顾客。如果声名显赫,大家都会慕名来买你的装备,但若是没有名气的锻冶师,日子就没那么好过了。我们的作品只有同为未成熟的新人冒险者,权衡过自己的经济实力之后,才会偶尔买下。这就是现实……这种情况你明白吗?"

对于他的提问,我勉强点了点头。

争夺客人……也就是说要让消费者成为自己的客户。这可以说是商业的基本,而且若是身为顾客的冒险者能够一跃成名,他所使用的武器说不定也能沾光。即便锻冶师依旧默默无闻。

其实就相当于打广告……但对于低级锻冶师来说,他们和冒险者的联系比我想象中的还要重要。

"这可是非常难得的,冒险者居然主动要求购买低级作品。我刚刚也说了,你认可了我,对现今的我来说没有比这更高兴的事。你是我的第一个客人,所以我不想让你跑掉,也不可能让

第二章 变换的环境・新增的关系

你跑掉。"

与他无畏的话相反，韦尔夫先生脸上依旧挂着柔和的笑容。

我皱起眉头苦笑一下，不过我很喜欢韦尔夫先生的直爽。

他是个很不错的锻冶师。

"所以，你希望我以后也继续当你的客户吗？"

"虽然这么说也没错，不过我想要再深入一些。"

这次韦尔夫先生露出了坏坏的笑容。

"干脆跟我签订契约如何，贝尔·克朗尼？"

签订契约？

我不明白他的意思，韦尔夫先生简单地向我做出了解释。

通过锻冶师和冒险者之间签订的契约，建立非常牢固的互惠互利关系。

冒险者负责为锻冶师从地下城带回掉落道具，锻冶师则为冒险者制作强力的武器，并以很便宜的价格卖给冒险者。

羊毛出在羊身上。这就是锻冶师与冒险者的互惠共利。

而且最重要的——为特定的某个人而打造的武器，能够发挥特殊的威力。

我想起了埃伊娜小姐曾经说过的话。

"嗯……可以吗？"

"喂喂，这是我的台词吧。你已经是 Lv.2 了，而我只是没有锻冶能力的无名小卒，怎么看都是我配不上你吧。"

我原本想说没有这回事，但重新考虑过自己的立场之后，想到也许他说的没错。

这时再去反驳的话就不叫谦虚了，恐怕会让韦尔夫先生不满吧？

背后突然涌起一股酥痒，我决定闭口不语。

韦尔夫先生则半蹲下来，以手臂搭着我的脖子，笑着凑到我的面前。

"而且,你看。卖剑、斧子、盾之类的店铺的店员都在偷偷盯着我们吧?"

"啊,是啊……"

店员们种族各异,不过的确有好几名亚人会时不时地朝我们投来视线,看似异常焦躁的样子……

"那些人都看中你了。他们都和我一样,想和你签订契约。"

"欸?"

"不光是你。升级到Lv.2的冒险者全都被盯上了,当然其中既有好意也有恶意。这就是低级冒险者和高级冒险者的不同。"

真、真的吗?

我睁大眼睛一动不动地盯着韦尔夫先生的侧脸。

他正在向那些锻冶师抛去洋洋自得的胜利笑容,注意到我的视线之后,他微笑着说:"就是这么一回事。"继而松开了绕在我脖子上的手。

"成为你的专属锻冶师是我的愿望。如果犹豫不决的话,肯定会有其他锻冶师来打你的主意,这样我就会失去快要到手的客户。所以对我来说,无论如何都想和你签订契约。"韦尔夫先生爽朗地笑了,"而且如果和很有前途的冒险者签订契约的话,我也会身价上涨呢"。

"前面说了那么多,现在再说这些你可能不信。但等级什么的根本不重要。在那么多的铠甲中,你偏偏选中了我的作品,对吧?没想到我也有听到人说想使用我的作品的一天!心里顿时涌起一股强烈的干劲。"

这就是锻冶师的幸运吧,韦尔夫先生变得有些腼腆。

从他的话语中能够感受到强烈地想要与我签订契约的本意,我也跟着兴奋起来。

第二章 变换的环境・新增的关系

我很想说他过奖了。我们都还只是新手,想起两人齐心协力的未来,心中也涌起了一阵温暖。

我不擅长用言语表达……但我认为这是好事。

"呢……我知道了。那我就和韦尔夫先生签订契约。"

"好,那就说定了!我还担心会被你拒绝呢!"

我握住他伸过来的手,站了起来。

"以后请多关照了,贝尔!"听到他这句话语,我害羞地笑了。

他的手比我大,像火炉般炙热。

"正式的契约书咱们下次再说吧……"

韦尔夫先生一边说着,一边轻轻摇动我们紧握着的手。

他正在向周围夸耀自己的胜利,看到这幅光景,其他锻冶师们都悻悻地走开了。

韦尔夫先生环顾四周,再三确认同行都走光了之后,松开了我的手,略带歉意地挠了挠头。

"那我就有话直说了……我可以提一个任性的要求吗?"

我惊讶地望着韦尔夫先生。

"我当然会报答你的。你的装备我都会给你免费换新。"

"欸!"

"所以你不用惊讶。锻冶师无论何时都要依赖冒险者,所以这么做也是理所当然的。"

我做梦都没想到他会把自己的作品全部免费给我使用。

这样一来,就没必要再去添置已损坏的装备了……

我露出了白痴一样的呆愣表情。

"那我就进入正题了?"

我吞了一口唾沫,等待他接下来的请求。

"请让我加入你的队伍吧。"

第三章 锻冶师的状况

© Suzuhito Yasuda

"总算到第11层啦！"

韦尔夫先生一手叉着腰，一手扛着自己的武器豪爽地说道。

如他气势凛冽的发言，我们现在正处于地下城的第11层。

眼前空旷的岩室正是第11层的起始地点，宽阔的台阶在区域中央延伸。这层同样会泛起迷雾，构造与第10层大同小异，只是多了作为起始点的岩室。

视野十分开阔，眼前是一片不见边际、高度约没过靴子一半的茂盛草原，被称作"迷宫武器库"的粗壮枯木分布在边缘地带。

"韦尔夫先生也是第一次抵达第11层吗？"

"嗯，没错。真是抱歉啊，贝尔。这两天净给你添麻烦。"

昨天，听到韦尔夫先生主动提出要加入我的小队，起初我非常惊讶，但听过详细情况后，我很爽快地答应了下来。

毕竟我都决定跟他签契约了，没有理由拒绝他，再说对于我们这个急需人手的小队来说，也是求之不得的事情。

"不用在意啦，再说你也是为了'锻冶'，不能说跟我没有半点关系……"

"你这么说我就放心了。"

韦尔夫先生提议与我共同潜入地下城的目的，其实是为了获得发展能力"锻冶"。

对于锻冶师来说，这项技能对其能力有着决定性的影响。说它足以左右锻冶师一生的命运也不为过。韦尔夫先生也非常不甘心地告诉过我。与他同期进入眷族的伙伴都已经升级，与自己拉开了差距。

原本按常识来讲，任何派系在探索迷宫的时候都会优先找自家成员组队……

"说来也真是丢人……那些家伙去地下城从来不会带上我，你相信吗？"

84

简单来说,事情是这样的。

在派系内遭到同伴排挤的韦尔夫先生,为了升级必须获取高质量的经验值,但他又无法单独探索——不用想也知道太危险——所以只好采取最终手段,投奔其他眷族的团队。

赫菲斯托丝眷族的成员——锻冶师在独当一面之前,似乎只需要独立判断、解决各种事务,并与对手相互切磋技艺。唯独锻冶能力,也就是升级的事,不仅需要拼上性命,还要跟眷族内关系要好的伙伴组队共同探索地下城才行……

至于为何会被同伴排挤,韦尔夫先生只是含糊地嘀咕了一句"可能因为他们嫉妒我的潜在才能吧"。事实上到底是怎么回事呢?

大概是察觉到了我的视线,韦尔夫先生挠了挠头,耷拉着眉毛,向我递来一个微笑。

"没什么,总之情况就是这样。非常感谢你,贝尔。虽说眷族大多都比较封闭,但你应该不会抛弃我吧。"

"那,那个……我都收下你的厚礼了,即便想拒绝也说不出口吧……"

韦尔夫先生随即按下心来。拿人手短的我也只好略带心虚地咧嘴苦笑一下。

穿在身上的崭新铠甲,在灯光下闪闪发光。

"听说有个新成员要加入,还以为会是谁呢,贝尔大人压根就是被人家的东西给收买了。"

我们正交谈着的时候,有个不满的声音插了进来。

充满责备与不满的语气令我不禁直往下流汗,我忍不住扭过头去。莉莉双手握着肩上的背包带,目不转睛地瞪着我们这边。

虽然很想告诉她是一场误会,但眼下怕是再怎么解释也不会有人相信吧。

现在我穿戴的装备、防具，都是韦尔夫先生不久前刚制作的轻铠甲。

与之前的轻铠甲相比，没有明显变化。仍旧是一套护胸甲，还有用于保护膝盖的护膝，从手腕包裹至肘关节前都镶嵌着小颗红宝石的手甲。看上还真有点帅气。

铠甲本身依旧保有轻盈的特点，韦尔夫先生说比之前的铠甲更为厚实，但我丝毫没有感受到多余的重量，装备之后甚至毫无负重感。

虽说并非是被这副合身的铠甲收买……嗯，不过要说完全没有动摇也是骗人的。

面对莉莉充满鄙夷的眼神，我也只能赔笑了。

"哈，莉莉好失望，非常非常失望！贝尔大人明明只是去买点东西，结果却完全应验了莉莉的不安，惹了一大堆麻烦事回来……贝尔大人这份厚意，莉莉真是感激涕零。"

强烈的讽刺如重拳般接连朝我袭来，连韦尔夫先生的铠甲也招架不住。

哎呀，可是，把人家称作麻烦也太……

"这么说有点过了吧，莉莉？韦尔夫先生又不是要干什么伤天害理的事情……惹麻烦什么的，你绝对误解了！"

"哪里误会了！说什么'只是在获得技能前与我们组队'，根本就是在利用我们的善良而已嘛！而且这不就是典型的临时队伍成员吗？要是这位谁都不认识的锻冶师先生达成目的之后撒腿就跑，那贝尔大人又会变回只有一个支援者陪伴的孤身作战状态！好不容易前进了一步，结果又要倒退，算什么事啊！想想就觉得荒谬，没错，前途根本就是一片黑暗！"

莉莉以锋利的视线，驳回我的抗议。

狂风暴雨般的指责弹幕将我射成了蜜蜂窝。我无言以对，只能拜倒在莉莉的唇枪舌剑之下。

韦尔夫先生的视线……好惨烈……

"为什么不跟莉莉商量一下就擅自让这个人加入呢,贝尔大人?"

"不……不可以吗?"

"也不是不可以,话虽这么说,但这种事情不跟莉莉商量的话,莉莉绝对不能接受!赫斯缇雅大人也拜托过莉莉,要莉莉把贝尔大人盯紧点!"

这、这样啊。不过,没想到女神还叮嘱过莉莉这种事啊……我是有多么不值得信赖啊!

我沮丧地低着头,望着怒气冲冲地瞪着我的莉莉。不知为何,总感觉她不单是在为韦尔夫先生的事生气。

怎么说呢?像是在设身处地为我着想一样……是我想多了吗?

都怪我这人太不让人省心了,非得将我拽在手心里才行。

"什么啊,我就那么碍眼吗,小不点跟班?"

至今持观望态度的韦尔夫先生开口了。

原本莉莉就不待见韦尔夫先生,一听到"小不点"的称呼,栗色的眼眸变得更加尖锐。

"才不是什么小不点!莉莉有名有姓,叫莉莉露卡·厄德!"

"这样啊,那还请多多关照呢,莉莉跟班。"

"算了,跟你这种人争辩也是白费口舌!"

韦尔夫先生装傻充愣般(不,兴许是真傻)地弯腰赔笑,莉莉只好将头扭向一边不去看他。

韦尔夫先生则依旧嬉皮笑脸的样子……不知为何,我有种前途多难的预感。

"那个,莉莉,虽说有点晚,不过我还是要介绍一下。这位韦尔夫·克罗佐先生,是隶属赫菲斯托丝眷族的锻冶师。"

不管怎样,最简单的介绍还是必要的,我将韦尔夫先生的本名告诉了莉莉。自从早晨一起前往与韦尔夫先生碰面的地方开始,莉莉的不满情绪就急剧膨胀,我连插话的机会都没有。

至于莉莉的名字,刚刚韦尔夫先生已经听她说了,想必不用我再介绍。

我并不期待能得到任何回应,只管对着莉莉的背影搭话。

"克罗佐?"

听到韦尔夫先生名字的瞬间,莉莉猛地扭过头。

面对莉莉出乎意料的反应,我愕然地发出疑惑的声音。

"被诅咒的魔剑锻冶师的家族姓氏?那个凋零的锻冶贵族的后代?"

魔剑、锻冶师……

不,更重要的是……锻冶贵族是怎么回事?

莉莉的话令我一头雾水,我茫然地看向韦尔夫先生。

他一改方才轻松的氛围,脸色变得阴沉起来,嘴巴极力向下弯曲着。

"那、那个……'克罗佐'是……"

我交替看着表情各异的二人,就韦尔夫先生的姓氏提出疑问。莉莉睁圆双眼凝视着我,一副拿我没办法的表情。

"贝尔大人真的什么都不知道吗?"

"那个……嗯,是的。"

我也没法否认,只好如实点头。

莉莉叹了口气,开始了简略的说明

"以前的'克罗佐'通过向王族献上魔剑,获得了贵族地位,是锻冶家族中的名门。传言说克罗佐家族打造的作品全都是魔剑……他们世代献给王室的剑已经有成千上万把了。"

"上万……"

"称其为魔剑锻造师中的翘楚或者泰斗也不为过。甚至有人称赞他们的剑足以燃尽大海……"

说到这里,莉莉停了下来,瞟了一眼韦尔夫先生。

她思考片刻之后,继续说了下去。

"……直至某日,他们失去了王族的信赖,到如今已经完全没落了。"

莉莉很快就结束了虎头蛇尾的说明。我不知道该如何应对,只好瞧着韦尔夫先生。

韦尔夫先生挠挠头,继而摆了摆手。

"算了,过去的事都不重要啦。既然我们来到了地下城,那要做的事只有一件,不是吗?"

"啊……是,是的。"

韦尔夫先生低头看我,轻轻笑了,干脆地转移话题。

他将肩上的武器——以攻击范围广阔著称的宽刃大刀"咚"的一声插入草地。

我笨拙地点点头。莉莉则一动不动地窥视着韦尔夫先生的神情。

"嗯?"

就在我们面面相觑的时候,突然传来一阵声响。

惊愕也只是短暂的一瞬。早已习惯在地下城穿梭的我们,不用想也知道这不吉利的撕裂声意味着什么。

地下城诞生出了怪物。

"呜……哇!"

"好庞大啊!"

"是半兽人啊!"

我们各自做出不同反应,地下城的墙壁不断被撕裂、崩坏。

墙壁从内侧遭到破坏,裂缝中伸出一只粗壮的褐色手臂。

碎裂的地下城壁面残骸如同蛋壳般层层散落至地面,随着墙壁持续遭到破坏,不仅是左臂,甚至连右臂,以及巨大的猪头也出现在我们面前。

"哺嘎……哦哦哦哦哦哦哦哦……"

我还是第一次目睹半兽人的诞生过程……伴随一声嘶哑的啼叫,半兽人终于现出全貌。

大型怪物诞生的瞬间,我不由得倒吸了一口凉气。

巨大身躯撕碎地下城墙壁的场景,只能用震撼来形容。

匍匐于地面的半兽人,缓缓站了起来。

"还在继续,所以才说第10层以下的楼层都是恐怖地狱啊!"

没错,墙壁撕裂的声音没有就此停止,四周此起彼伏地回响着同样的声响。定神一看,怪物们从岩室四面八方的墙壁中一齐诞生了。

自第10层开始,同一个区域将有可能瞬间出现大量怪物。

一旦发生这样的现象,片刻前还是空荡荡的区域瞬间就会被怪物占据,甚至有人称之为怪物盛宴。

毫无疑问,现在的状况十分危险。特别是处在岩室中央的时候,眨眼间便会被怪物群包围。我下意识地发出苦笑。

"好啦,也不用那么悲观嘛。好在这间岩室不会起雾,面积也相对宽广。不用担心会很快被包围,再不济我们也可以撤退至第10层。"

莉莉冷静地说完,重新背好背包。

她曾经与很多冒险者组过队,也潜入过第11层区域。虽然属性值是我们当中最弱的一个,胆子却比任何人都大。

听完她的话语,我扭头看向背后宽阔的阶梯,顿时安心不少。

"很好,半兽人就交给我吧。"

"欸,可以吗?"

韦尔夫先生的提议令我有些吃惊。

半兽人有着十分可怕的怪力,要是从正面遭到直击,足以让Lv.1,不,甚至Lv.2的冒险者失去战斗力。

韦尔夫先生也露出不解的表情。

"这简直是求之不得的事呀。它们动作笨拙,个头又大,即便是我也能轻松搞定。"

啊,原来你是那样想的啊……

不知道是我太小心,还是韦尔夫先生胆量太大。总之在他看来,半兽人似乎只是不堪一击的小角色。很快,韦尔夫先生便瞄向前方,扬起嘴角。

赫菲斯托丝眷族虽是主攻锻冶的派阀,但战斗力也不容小觑。多数成员都称得上是战斗锻冶师。韦尔夫先生也不例外——虽然他本人表示这是为了获得锻冶能力不得已而为之的事情,但从这人一路上的战斗阵势来看,在第10层左右的区域绝对不会拖后腿。他的战斗力即便在Lv.1的冒险者当中也绝对处于上游。

"贝尔大人,您就随意行动吧,莉莉会为锻冶师先生提供绵薄的援护工作。不过说实话,如果贝尔大人能偶尔照看一下这边是最好不过了。"

"哦?什么嘛,你是看我不顺眼吗,莉莉跟班?"

"讨厌你不是理所当然的吗?莉莉只是不想拖贝尔大人的后腿罢了。"

莉莉朝韦尔夫先生递去满脸坏笑。我也只好苦笑。

考虑到我已经升至Lv.2才做出此等提议吧。升级后的我完

全可以独自应对现在的场面——她是这样判断的吧。

那我就没理由拒绝。

而且,虽然有些鲁莽……我也想测试下自己目前的实力。

"差不多该行动了,不然小恶魔会扎堆出现的。"

"用不着你提醒。贝尔大人心里有数……"

"嗯,放心吧,不会大意的。"

我们各自备好武器,做好临战准备。

我在原地活动了一下身子,快速切换至战斗状态,接着一口气冲了出去。

"唧啊!""咕嘎!"

我在草原上疾驰,冲向早已凑成团体的小恶魔。

前往第11层的途中,虽然多次遭遇怪物并且交战,不过都是韦尔夫先生一人处理的。这是我今天第一次正式与怪物战斗。

多重视线迎面而来,威吓之声此起彼伏。一对五,以寡敌众。而且敌人数量还在增加。

从地下层诞生的怪物数不胜数,我发起迎击的同时,周围不断有其他小恶魔加入战群。

唯独今天,我可以毫不畏惧地一路向前。

进一步压低上身,眼看着敌我距离不断缩短,我右脚猛蹬地面——

下一瞬间,草原炸裂开来。

"唧——"

小恶魔出现在我的面前。

不对。

是我瞬间缩短了距离。

快如闪电的加速度,耳边的风声在呼啸。

不过,即便速度快到令我的身影化作一道细线,我的感觉依旧能够清晰地跟上。

突然窜到小恶魔们眼前的我令它们瞪大双眼,说时迟那时快,我朝它们挥下"女神之刃"。

随着"啪叽"一声脆响,小恶魔的首级横飞出去。

剩下的或是仰望同伴飞出去的头颅,或是呆愣地盯着这道跳跃的蓝紫色光芒。

突如其来的状况令它们呆若木鸡。我则毫不怠慢地向其发起袭击。

斩杀。

身体如羽毛般轻盈地跃动,我如电光石火般穿梭在敌人中间。每当与我擦身而过,小恶魔的躯体便被撕裂,随即倒塌在地面。

一刀一只,短刀与"女神之刃",白刃与黑刃交替闪烁,在它们那干瘦的身躯上划过数条锐利的斜线,将小恶魔们斩至无力战斗。

(动作太慢……不对!)

每次都是我先发制人,面对我的攻击,小恶魔们根本毫无反击的机会。

不是它们动作太慢,而是我的动作快到让它们根本反应不过来。

(我变得更快了!)

不一样,完全不一样。简直就是另一个次元!

不管是攻击、速度还是反应,全都与之前不是一个层次!

这就是升级!

神之恩惠!

"啊啊啊啊啊啊啊啊啊啊!"

"嘿！"

我利用艾丝小姐传授的回旋踢踹向小恶魔的胸口。接着，怪物以迅雷不及掩耳之势朝远处飞了出去，在地上翻滚了几圈后，无力地倒在了草原上。

远超十只的小恶魔团体顷刻便被我歼灭。

"咯哦哦哦哦哦哦！"

伴随着凶猛的咆哮声，又有新的怪物逼近。

它们体形与我相仿，靠两条短腿支撑着身体，前肢长着结实的爪子，背部则像背着铠甲一般，覆盖着被几条线划分成格状的甲壳。鳞状的外皮一直延伸到头部，与犄角一起构成了头盔般的结构。

两只铠鼠怪物摇晃着身躯朝我笔直靠近。

这是从第11层才会出现的怪物——铠甲鼠。

面对第一次遇见的对手，我在脑海中翻阅起埃伊娜小姐硬塞进来的超厚怪物情报词典，找出了它的相关信息。

铠甲鼠与杀手蚁的性质相似，虽有坚硬的甲壳，但毫无保护的腹胸却很柔软。而且与全身都被硬壳覆盖的杀手蚁相比，这个弱点更容易利用……与此同时，它的甲壳硬度也远在巨型蚂蚁之上。

它的甲壳令第11~12层所出现的怪物望尘莫及。换句话说，在上层领域中，它的防御力可谓数一数二。

即便是矮人的攻击也能轻易反弹，简单来说，甲壳就如同一层铁壁。据说Lv.1的冒险者是不可能单独在白刃战中战胜这种怪物的。

对于基本能力达到B~S，适合攻略楼层为11~12层的冒险者们来说，击败铠甲鼠的难度绝对不是击败其他怪物能比拟的。

"呼！"

就在我们正面对峙、眼神交错的瞬间，双方都动了起来。

我双脚即刻加速。

其中一只铠甲鼠则团起身子，冲着我滚了过来。

它背部的甲壳不但是坚固的盾牌，同时也是武器。高速旋转时拥有足以击散冒险者团队的威力，半吊子的迎击根本无法令其停止。

巨大肉弹旋转着急速迫近。就在即将接触的瞬间，我侧身避开了。

先干掉后边的怪物。

我转向还未变形的那只铠甲鼠。

"哦哦哦哦哦哦！"

它早已经亮出利爪，扑了过来。

我采用同等招式，在双方距离快要消失殆尽的瞬间——大幅横跳开来。

我在怪物眼前描绘出一道直角曲折的运动轨迹，并移至它的视野范围外，让它完全跟不上我的动作。

与怪物擦身而过，准确地落入它的死角——斜后方。

膝盖用力踩地刹车，使出全身力气，挥出反握的"女神之刃"。

"嘎！"

大幅度的斩击轻易地就把铠甲鼠一分为二。

奏效了！

上层最结实的防御也能贯穿。

见到自己的攻击足以穿透怪物甲壳将其直接斩断，握住短刀的手不由得更用力了。

"咯哦哦哦哦哦哦哦！"

剩下的铠甲鼠再度卷成球状发起突袭。

© Suzuhito Yasuda

着地瞬间，我立即扭转身子，对着高速旋转的怪物伸出右手。

"烈焰雷电！"

火焰雷四下轰鸣。

伴随着震耳欲聋的爆炸声，一道更快、更粗的绯红色火焰贯穿了旋转着的球体。

炸裂。

火焰雷侵袭的区域正中，一只铠甲鼠被彻底烧成焦炭。从背面甲壳部分剥离的铠球，顷刻间呈现多条裂缝，碎片哗啦啦地掉落至地面。

皮开肉绽的铠甲鼠浑身冒着黑烟，僵在原地。

（连魔法也增强了吗？）

眺望着火花四溅的战场，我缓缓将右手缩回胸前。

威力果然上升了一个层次，连攻击范围也有大幅扩增。

不只魔法，我现在感觉浑身都有使不完的力气。

（与她的距离拉近了！）

脑海中浮现出那位女剑士的英姿。

虽然依旧是遥远的憧憬，但我成功地朝那个金色背影靠近了一点。

心脏在剧烈的跳动，我拼命地抑制着心中小小的激动。

"嗷嗷嗷！"

耳旁传来的半兽人的咆哮声，将我的思绪拉回现实。

想起莉莉的叮嘱，我猛地回过头，韦尔夫先生与半兽人的战斗即将拉开帷幕。

"好快……"

韦尔夫感叹道。

无意间瞥见贝尔对怪物发起攻击的一连串动作。

无论是动作、攻击招式，还是魔法的发动速度，一切都快如闪电。

虽然不知道出自何处，但韦尔夫现在明白为什么贝尔会被叫作兔子了。

"呼呼，你可别走神的时候惨遭怪物毒手，贝尔大人会伤心的。"

"莉莉跟班，我终于摸清你的性格了。"

背后传来莉莉的声音，韦尔夫优雅地点点头。

他没有回头看莉莉，因为几秒后就要与面前发出刺耳咆哮声的巨型怪物展开厮杀。

注意到贝尔的视线后，韦尔夫笑着扬扬下巴示意他在一旁看好了。

"好的，接下来是第二只。"

已经有一只半兽人倒在了莉莉的旁边，前面的韦尔夫将手里的大刀扛到肩上。

"哦哦哦哦哦哦哦哦哦！"

"嘎吱！嘎吱！嘎吱！"半兽人迈着笨拙的步伐大幅靠近。

韦尔夫扬起嘴角，毫不畏惧地朝敌人冲去。

"噶啊！"

发现猎物主动发起攻击，赤手空拳的半兽人将它那粗如圆木般的手臂用力一扫。

面对敌人轻易发出的一记横扫，韦尔夫迅速俯身躲避。

他右手的大刀依旧横扛在肩上，以左手支撑在地面，极力压低身子，仿佛随时要飞扑出去的野兽。

就在敌人的巨臂扫过头顶的瞬间,他猛然起身,挥动巨刃。

"啦啊!"

肉体撕裂的声音!半兽人松垮的腹部被向上挥起的大刀斩裂,皮肉不停地抖动着。

绿色的血沫飞溅至空中,受到大型武器冲击的怪物大幅后仰,后脑着地倒了下去。

"送你一程吧!"

韦尔夫随即一蹬地,跳到兽人头部附近。

他双手紧握大刀,高举过头顶,对着半兽人愕然瞪圆的浑浊双眼,使劲斩下。

"咚!"击碎声响起。

"莉莉跟班,下一只!"

"已经来了!"

离开头颅被割下的怪物,韦尔夫转向莉莉所指的方位。

随即他看到了挥舞着天然武器——枯木的半兽人。面对猛然突进的怪物,韦尔夫面带微笑地咂嘴。

"这只可有点棘手啊!"

"我知道——啦!"

莉莉绕了个大圈,跑到半兽人前进方向的侧面位置。

她掀起裹着娇小身躯的长袍下摆,利用装备在纤细胳膊上的手弩发起攻击。

射出的金属箭矢命中了半兽人的肩膀。

肩部沉闷的痛觉令半兽人停下脚步。随即这只猪头怪物露出丑陋的表情,将目标从韦尔夫转向了莉莉。

瞬间!韦尔夫趁半兽人注意力被分散,左脚一蹬扑进怪物怀里。

黑色战袍如火焰般飘扬,脚下的靴子深深踏入地面。

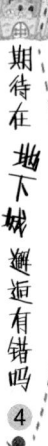

"去死吧！"

架在肩上的大刀描绘出一道狰狞的圆弧。

右手用尽全身力气使出的斩击，斜斜地滑入半兽人的体内。

刀刃的气势，简直要将眼前的巨躯斩成两段。半兽人还未来得及发声便瞪着鲜红的双眼吐出大量鲜血，僵在原地，身体逐渐失去颜色，最后化作灰烬。

韦尔夫这一击直接斩断了藏有魔石的胸部。

"克罗佐大人，宝贵的魔石就这么被你毁掉了，太浪费了！贝尔大人和莉莉的收入可是要减少的！"

"都已经毁坏了，我也没办法嘛。还有别叫我的姓。"

莉莉抓住韦尔夫的过失，劈头盖脸地加以责备，令他不由得露出不耐烦的表情。

"话说分红原来没我的份啊！"韦尔夫小声地回应着嚷嚷不停的霍比特女孩。

草原上只剩下蓝紫色的结晶闪耀。

"克罗佐大人！"

"都说了别叫我的姓……喊！"

他刚打算对莉莉的大喊大叫提出抗议，突然也察觉到了。

有两只不同于半兽人的怪物正在悄悄地靠近，企图前后夹击韦尔夫。

银背猿！

这种怪物肌肉结实，浑身长满白色体毛，让人不禁联想到野猿猴。不过与野猿猴不同的是，它背后留着一束长长的尾巴似的银色发丝。

贝尔在怪物祭上曾经和它交过手。它跟铠甲鼠都属于第11层的代表性怪物。与力量强悍但缺乏敏捷度的半兽人相比，银背猿没有明显的缺点，身体能力出众的银背猿绝对是强大的对手。

韦尔夫的脸不由得抽搐了一下。伴随着巨大枯木传来的闷响，又一只银背猿跳至地面。

"叽……"

"糟糕！"韦尔夫暗自嘀咕。

像这种多对一的围攻态势，在地下城绝对要避免。

（糟糕……这样跟单独探索有什么区别？）

他的额头开始冒汗，小心翼翼地扫视着三只怪物。

自己曾经因被伙伴排挤，一气之下带着大量回复药单独闯入第10层……差点命丧黄泉的记忆，清楚地浮现至脑海。

（只能逃了……不，问题是逃得掉吗？）

包围自己的怪物圈逐渐缩小，韦尔夫感到焦虑不安的同时，仍在快速转动大脑。

根据大致估算，自己的实力略胜过银背猿。但目前的自己独自对付一只都够费力，要是被包围绝对要成为瓮中之鳖。不远处的莉莉也露出惊恐的神色，僵在原地无法动弹。指望一个小小的支援者提供援助也不太现实吧。

完了，韦尔夫低下头暗自做出结论。但他还是强打起精神，将武器扛在肩上与面前的银背猿对峙起来。

韦尔夫打算和包围网中的一只拼个鱼死网破。在自己为数不多的地下城经历中，也曾感受过这种烦闷的紧张感所造成的耳鸣及浑身的焦躁，他的整个腹部都凝固了。

一触即发的气氛充斥着战场。

与韦尔夫相互怒视的银背猿双眼突然一闪。

怪物们发起行动。

下一个瞬间——

"一、二！"

"唧咕？！"

第三章　锻冶师的状况

有人从侧面发起攻击。

以迅猛之势飞奔而来的贝尔，发出一记如同标枪般的强烈飞踢，正中银背猿的侧脸。怪物的脸狰狞地扭曲着，连带旁边的怪物们一齐撞飞出去。

出乎意料的状况让韦尔夫和银背猿们不由得愣在原地。贝尔则随即从刀鞘中拔出短刀。

"韦尔夫先生！"

与贝尔深红色的眼眸视线相撞，韦尔夫条件反射般地醒悟过来。他上半身迅速扭向侧面。

贝尔间不容发地将右手甩至脑后，接着猛地挥出短刀。

"咕！"

韦尔夫背后的银背猿，左眼被短刀插中。

发出哀嚎的怪物打了一个趔趄，韦尔夫像陀螺一般转动身体，使劲挥起大刀从上方劈下。

一道银色光线不偏不倚地划过敌人的身体，将其斩杀。

怪物双膝一弯，倒在地上。韦尔夫保持着挥刀的动作，缓缓抬起头，向后看去。

贝尔已经干掉了另外两只银背猿。

韦尔夫出神地凝视着少年的背影，随即微微一笑，把大刀扛到肩上。

"果然有队友就是好啊！"

仿佛打心底赞同他的说法般，白发少年转过身向他递来胜利的喜悦。

"不过，你那速度也太快了吧！说不定哪天就可以飞起来了。"

"我……我也不是很清楚。"

和大群怪物的战斗结束之后,我们现在暂时休息片刻。

地点依旧是第11层的起始岩室,草地上随处是战斗留下的痕迹,比如散落一地的地下城墙壁残渣,横在地面的被连根拔起的枯木,等等,总之一片狼藉。

韦尔夫先生把大刀收进背后的刀鞘,抱着手臂跟我随意聊起了天。

"果然有个强力的家伙,战斗就是轻松啊!虽说也不能过度依赖队友。"

"我也感觉战斗比之前轻松了不少呢。"

"这就是组队的好处吧。有了队友,整个身心都变得游刃有余,动作也和之前不同了,对付怪物的时候也是一样。"

韦尔夫先生聊起了团队的好处,毕竟他之前就组队潜入过地下城,这方面自然比我清楚得多。

"作为临时组成的队伍,我们还算不错呢。虽说还称不上配合默契,但刚才的招式都非常连贯呢……这也多亏了莉莉跟班。"

"莉莉吗?"

"没错。虽然她负责的都是一些小事,但却起着至关重要的作用。而且在我们会合之后,为了确保战斗顺利进行,她还充当我们之间的媒介。"

这么说有点奇怪,不过我们好像都被莉莉操控着呢。

或者说是"引导"更贴切吧。莉莉在后方观察战场,通过对我们施加巧妙的援护,以确保我们的步调一致。

韦尔夫先生说能做到这点是因为她非常熟悉冒险者的打法。我这才恍然大悟。当过支援者和盗贼的莉莉,至今已经见过无数的冒险者。

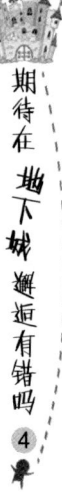

"话说回来,莉莉跟班挺能干啊!"

"的确!每到这个时候,都会觉得有点对不起支援者啊!"

韦尔夫先生笑着回应。此时的莉莉正在我们眼前努力进行着魔石回收工作。

我们干掉的怪物非常多,她的工作量可想而知。虽然我提议要帮忙,但被她拒绝了。她说这是她的工作。她使劲背好背包,示意我们只管休息即可。

"话说回来,冒险者人数好像越来越多了,怎么办?要换个地方吗?"

"嗯,也是呢……"

刚刚还见不到几个人影,现在开始零零散散地出现一些团队。

由于这间岩室连接两个阶层,所以路过的人比较多。加之这里没有扰人的迷雾,很多团队都喜欢将这里作为探索据点,继续在这处狩猎的话,怕是比较麻烦。

要是猎物被其他团队抢去岂不郁闷。或者一不留神扩大成眷族间的纠纷,那就更一发不可收拾了。实际上在我们刚刚战斗的时候,就有小队趁乱捡漏。按照常识,在探索迷宫时要尽量避开其他人,互不干涉是大家心照不宣的共识。

顺便说一下,莉莉早就发现其他团队的存在,机敏地把我们打倒的怪物拢到一起,暗示对方这是我们的,不允许抢夺。

虽然这个动作看上去不太起眼,却是技术娴熟的支援者才具备的技能。

"反正一时半会儿也没法狩猎,不如趁机吃午餐吧?现在来往的人很多,不必担心会被怪物袭击。"

"说的也对,老是给人让地也挺麻烦的,干脆利用这个空当进餐,我同意!"

虽然这么做有些厚脸皮，但韦尔夫先生还是赞同了我们的意见。

于是我们决定,等莉莉回来就吃午餐。

(不过话说回来……到了第11层，每个团队似乎都挺强的……)

我朝四周扫视一圈，不由得发出感慨。

分布在岩室各个位置的队伍,相继散发出"技艺精湛"的气氛。

武器及防具也是如此，不用亲手触碰也能感受到它们的坚固及锋利。

背着破碎弓的兽人，将特大战斧支撑在地上的亚马逊战士，以及装备白银手杖和法袍的精灵……种族各异的亚人们都不是好惹的样子。

(其中有多少升级的人呢……)

在探索第11~12层的队伍中，大多数都已经在为即将前往的中层做攻略准备。所以在队伍中有几个升到Lv.2的人也不足为奇。

我真的有资格和他们站在同一处吗?

我好歹也是Lv.2了，完全可以自信地挺起胸膛吧……可是见到那些身材魁梧的矮人，我还是会不自觉地变得畏缩。毕竟目标还在自己遥不可及的高处，如今沾沾自喜还太早了点吧。

那些人肯定拥有非常强大的魔法和技能吧……

(啊,对了,我的技能……)

突然想起自己也掌握了一个新技能——英雄志愿。

之前被我忘得一干二净，现在才想起来……

(若只是像平常一样战斗的话,肯定不会显现什么效果……吧?)

虽然动作变得更快、力量也有所提升，但这些应该都是升级

的结果,并非技能发动所致。

"能动性行动""根据自我意识采取行动""非反击类的攻击"。

我不禁想起女神说过的话,歪头思考起来。

果然还是没有什么头绪。话说回来,刚才的战斗中应该已经出现过有意识的行动和攻击行为,但是仍然没有发生什么,也就是说,只是行动还不足以触发吧。

也许如同魔法需要咏唱作为前提条件,技能的启动也需要某种契机吧?

(说到底……)

我是如何掌握英雄志愿这个技能的?

因为升级了?

因为打倒了那头被称为弥诺陶洛斯的怪物?

还是说因为不想让艾丝小姐看到我不堪的样子,不甘平庸下去导致的?

在那个时候……

"我想成为——"

英雄。

在心中如此许愿。

就像童话世界里的居民一般。

像他们一样毫不畏惧地直面凶猛的对手。

像他们一样不顾自身安危,拯救众人于水火之中。

像拯救了我的那个人一样。

打心底渴望,想要成为英雄,想尽可能地靠近那个人。

英雄……愿望……

"喂,贝尔,这是什么?"

敲击耳膜的声音,使我的意识从内心的深海急速上浮。

我抬起头，面前的韦尔夫先生正紧皱着眉头。

刚打算问他想说什么，却发现他正一动不动地盯着我的右手。

上面有白色的光粒闪烁着。

"欸？"

我不禁瞪圆双眼，发出了略带愚蠢的声音。

从手腕部分开始，纯白色的淡淡光辉将我的手掌包围。

那是比雪花更小的光粒，以一定间隔吸附在我右手中。正当我这么想着的时候，突然又产生了新的粒子，如同时间倒流般，再次吸入我的右手。

光粒聚集、收敛，反复如此。

仿佛我的右手周围产生了局部粉雪，伴有气流一般。

除此之外，我发现还回响着"叮、叮"的清晰且尖锐的声音。

像时钟秒针在刻度间跳动的声音。

我和韦尔夫先生面面相觑。

此刻的我一脸混乱与疑惑，即便问我，我也不可能答得出来吧？

这、这是什么啊？

我使劲盯着自己被白光笼罩的右手，恨不得看出什么。

望着我困惑无助的样子，韦尔夫先生终于忍不住，打算开口说点什么——但就在这一刻！

"吼哦哦哦哦哦哦哦哦哦哦哦哦！！"

震耳欲聋的巨大咆哮声撼动整个岩室。

我和韦尔夫先生不约而同地抬头，不，不只是我们，整个岩室里的冒险者全都带着惊恐的表情看向同一个方向。

在岩室的出入口处，某个通向其他地带的路口，长有琥珀色鳞片的怪物穿过浓雾立在那里。

第三章　锻冶师的状况

它有着长长的尾巴，锋锐的尖爪以及密集的利牙。

是一条身高约150赛尔尺，身长超过4米度的——小龙。

"雏龙……"

不知名的冒险者率先出声。

这只以四足行走的怪物，是在无数怪物种族中被尊为最强的龙族。虽然没有长出翅膀，但从那被坚硬鳞片包裹的强韧肉体可以明显看出，它绝对有着远远凌驾于半兽人的潜在能力。此刻，它那双血红的眼珠正骨碌骨碌地转动着。

雏龙——

第11~12层中极少出现的稀少种。

在整个宽阔的楼层内，最多不会超过五只，连这种传说中的稀有龙类怪物都能让我们碰上，也算是一种运气了。如果无视它曾经团灭过一个低级冒险者团队的报告的话。

在不存在"迷宫孤王"的上层区域中，这只小龙就是名副其实的迷宫主人。

"嗷——"

伴随着一阵阵咆哮声，雏龙动了起来，尾巴一记横扫便将它附近的精灵冒险者打飞出去。那位冒险者瞬间就被重重地摔在墙上，眼睛睁至极限，下一刻便如同断线的木偶，脖颈"嘎吱"地折断。四周立即传来此起彼伏的惨叫声。

虽说战斗力不及那头猛牛，但面对这只即便被划分Lv.2也毫不奇怪的强力怪物，众位冒险者顾不上彼此的陌生身份，结成了临时战队。无视小分队间的利益得失，几个冒险者开始咏唱魔法，亚马逊战士和矮人们也提着大剑和斧头冲了上去。

"莉莉跟班，快逃啊！"

混乱中，韦尔夫先生惊慌失措地大喊。

尽管雏龙的登场令我有些惊慌失措，但我的目光也捕捉到了那一幕——

雏龙径直扑向远处正在岩室内回收魔石的莉莉。

僵在原地的莉莉,以及向她急速逼近的小龙——我的大脑还没反应过来,身体便率先发起行动。

我猛地伸出还在闪光的右手,以逼近极限的音量大声喊道:

"烈焰雷电!"

下个瞬间,所有的声音都消失了。

纯白色的闪光。

伴随着宛若巨兽咆哮般的激烈轰鸣,一片淹没视野的白色光芒炸裂开来。

从右手爆发出的白光中,炎之雷、烈焰雷电相继窜出。

但规模太不寻常了。这道裹着白光的绯红色炎雷,以足以吞没整片大地的阵势,袭向雏龙。

眨眼间,雏龙不偏不倚地被击中,直接被弹飞到远处的墙壁上。

大爆炸。

"嗄啊!"

琥珀色的鳞片徐徐剥落。

被炎雷吞噬的雏龙发出一声哀嚎,倒在地上。原本具有耐火抗性的龙皮也被烧得体无完肤。庞大的躯体周围升起阵阵黑烟,火星四处飞舞。

岩室的最深处,残留着如同龙之爪痕般的龟裂痕迹。受到极大烈焰雷电冲击的地下城壁面,就像被雷电袭击过一样,破碎不堪。

"喀啦、喀啦……"过了片刻,墙壁才开始崩坏。

岩室中陷入一片死寂。

冒险者们纷纷停下动作,把视线集中到我的身上,也包括莉

莉和韦尔夫先生。

惊愕、战栗……以及敌意,视线中蕴含着各种各样的感情。但我没有做出任何回应,只是笨拙地缩回右手。

我呆愣地看看手心,白色的光粒子已经消失,平静得好像什么事情都没发生过一样。

✚

"呼……"

我把头从衣服中伸出来,长长地吐了一口气,企图驱散全身的疲劳。

换好衣服,我打开门,从淋浴室走了出来。

女神早已换好衣服,躺在紫色的沙发上。

"贝尔,累了的话就休息会儿吧,晚饭交给我来做。"

"不,没事的,我来帮忙!"

"呼呼,是吗?那我们一起做吧。"

女神要忙着打工,我在地下城也拖了很长时间,所以两人都很晚才回到家,开始准备晚饭。眼下已经完全是深夜时段。

出于女神的意愿,家务活都是尽可能两个人一起来干。原本我主张不必劳烦女神,但她以"贝尔跟我不用那么见外啦"轻松回绝了我。

但还是有些诚惶诚恐啊……

"喂,贝尔,能问你点事吗?"

"什么事呢?"

厨房狭小的空间内,我在水池旁边洗菜,女神则一边切着肉一边说道:"你有见过芙蕾雅……啊,不对,一位银发的女神吗?"

我停下手里的动作,看向因身高不够而站到椅子上的女神。

"银发的女神吗?没有,我好像没有见过……"

我在记忆中搜寻片刻做出回答。

自从来到这座都市,除了赫斯缇雅之外,我与其他女神对话的次数掰着手指都数得过来。如果其中有女神的头发是显眼的银色,那我应该记得才对。

"嗯,也是啊!难怪……"

女神暗自嘀咕什么,又抬起头望向天花板。她这是怎么了?

这么说来,自从神会结束,女神就总是心事重重的样子。每次我问她发生了什么,她总是摇摇头,苦笑着回答:"没什么呀。"

虽然我非常在意,但还是决定把精力集中在做饭上。不一会儿,我和女神便围坐在了饭桌前。

"欸……这么说那个锻冶师还是个不错的孩子?"

"是的。非常容易相处,有种非常可靠的感觉。不过,他和莉莉的关系就说不清是好还是坏了。"

"哈哈哈。"

在本该吃夜宵的时段,我和女神吃着晚饭,顺便有说有笑地闲聊着。

最近伙食也变得丰富起来。不对,该说朴素的食物逐渐变少了吧。

我们两人面前,除了面包之外,还有一大盘的带肉色拉,以及堆积如山的炸薯球……

经过一段不知是漫长还是短暂的奋斗,眷族终于稍微脱离贫困状态了。

"嗯,既然为人不错,而且还是男孩子,那就没什么问题了。我举双手赞同。贝尔,你可别把这孩子放跑了哟。"

"好的,不管怎么说韦尔夫先生也算是锻冶师,而且我听说三人组队攻略地下城会相对安全很多。可以的话,我希望一直这

样保持下去……"

"没错，无论如何也要留住他，毕竟你和那个支援者两人的'独处状态'还是非常危险的呢。"

女神露出爽朗的女神式微笑。我也略微兴奋地点点头。

连她的双马尾似乎也在兴奋地摇曳着，她真的非常担心我们啊！

不过都习以为常了，我和她说起今天发生的事。

首先是韦尔夫先生的情况，虽然昨天已经告诉过女神与他签约的事，我又补充了今天对他的印象。

"不过，居然能跟赫菲斯托丝的孩子组队……呼呼，都是你加入了我的眷族的缘故吧。"

女神扑哧扑哧地偷笑起来。

赫斯缇雅女神与赫菲斯托丝女神似乎打在天界就有交情，可以说是挚友吧。但来到欧拉丽之后，由于发生了许多事情，再加上各自都是眷族的主神，不能像之前那样随意接触了。

对于这种无论如何都切不断的缘分，女神也不可思议地耸了耸肩。

"那个，上神大人，关于韦尔夫先生那个克罗佐的姓氏，您知道什么吗？"

趁女神心情不错，我立即提出内心惦记已久的疑问。

莉莉提到过的与魔剑相关的克罗佐的事情。

虽然在背后偷偷打听别人情报的行为有点对不住克罗佐先生，但我还是无法抑制自己的好奇心。

"'克罗佐之魔剑'吗……关于这方面的信息我倒是有听说过一些……不过比贝尔你知道得多不了多少。"

"这……这样啊……"

听说女神从天界下来时日不久，对下界的情况还不是很了解……因此,拥有与我相差无几的情报量也是在所难免的。

结果还是没能弄清楚韦尔夫先生的事。

"虽然我不太清楚克罗佐一族的故事,不过关于那位锻冶师——韦尔夫的个人评价我还是能为你提供的。"

"欸!"

"哼哼,贝尔,你忘记我在哪里工作吗?"

啊!经她这么一说,我顿时想起来了。

韦尔夫先生隶属于赫菲斯托丝眷族,而女神刚好在他们的店铺打工。的确,在那里工作的话,说不定会对某些成员的评价略有耳闻。

女神得意地挺起胸脯,仿佛在炫耀:"我厉害吧,贝尔?"

我不禁吞了口唾沫,红着脸勉强挤出一丝苦笑,催促她继续说下去。

听女神说,昨天我向她提过韦尔夫先生的名字之后,她就自己就去收集情报了。

"作为一名锻冶师,他的本领似乎还不错。虽然还未崭露头角,但赫菲斯托丝经常会提起这个名字。实力方面应该没问题。"

"赫……赫菲斯托丝大人都会提起韦尔夫先生吗?"

"嗯。虽然只是喝醉的时候不下心说出来的,她经常说哪个孩子有才能啦、哪个孩子很可惜啊之类的。"

连掌管世界闻名的锻冶派阀的主神,都对他的才能刮目相看……难道韦尔夫先生在眷族中算是有出人头地希望的潜力股吗?

"赫菲斯托丝非常关注他,对他评价颇高,而且说他有很多闪光点。不过她也说过这孩子在感性方面实在令人遗憾。"

兔铠这个名字,伴随着强烈的即视感闪过我的脑海。

顺便说下,现在他给我的这件轻铠,名称也是从祖先那里世

第三章 锻冶师的状况

113

代继承下来的，也就是Mk Ⅲ（第三代）。

"但是，眷族其他成员却与赫菲斯托丝的观点截然相反，大家对他的评价都不高。"

"欸？这是为什么呢？"

对于话题突如其来的转向，我提出反问。女神点了点头。

"从结论来说，他似乎能打造魔剑。"

"那可不是赝品，而是货真价实的魔剑哟。据说他们家族打造的魔剑，远凌驾于眷族中已经存在的作品，即上级锻冶师的作品。这才配得上'克罗佐之魔剑'的称号吧。"

魔剑、锻冶师。

曾经亲耳听过的词语逐渐多了几分现实感，反复在脑海中萦绕。

"欸？可是……等等，据说魔剑必须要掌握锻冶的发展能力才能打造，他还没这个能力吧？"

没错。在第一次造访赫菲斯托丝眷族店铺的时候，埃伊娜小姐向我提起过，我绝对没记错。

即便是掌握了锻冶能力的锻冶师，其中也只有很少的人能够打造出魔剑。

"这方面我就不太清楚了，不过他好像能打造，赫菲斯托丝也是这么认为的。"

"这么说……"

"嗯，克罗佐的姓氏可是货真价实的。他可是继承了克罗佐家族的正统血脉。"

一股莫名的冲击涌上心头。

韦尔夫先生出身锻冶贵族，虽说已经没落，但也算是出生高贵。

而且即便没有锻冶这项发展能力，也能够打造魔剑。

技能?

我突然想起是不是因为某种特殊技能的原因,致使他能够打造出魔剑呢。

可是,莉莉之前说过,克罗佐的家族成员都能够打造出魔剑……难道他们都拥有同一种技能?

嗯,这也太不现实了吧……我不禁双手抱头。

算了,再怎么胡乱猜测也都是徒劳。

我极力遏制住内心蜂拥而至的疑惑,将注意力集中到女神的话语中。

"但是,他没有制作魔剑。"

"欸?"

"不知为何,他似乎没有这个打算。虽然只要打造出来一把,便能让他同时坐拥财富和名声,但他始终没有这么做。即便被踢至锻冶师的末席,他也依然固执己见。"

明明有能力锻造魔剑,却不去尝试。

只需轻轻一挥,便能发动魔法——与其同等效果的魔剑是非常强大的。虽然有次数限制,却能给予任何人施展魔法的恩惠。无论是谁,都能轻易获得该种能力。

这是无数人梦寐以求的魔法之剑,是丝毫不用担心顾客群及价格的神秘武器。

但是韦尔夫先生却不想打造……

"我打工的那家店里的人,都在叹息说这是暴殄天物。眷族的成员们也用'废物克罗佐'之类的称号来诽谤中伤他。"

"主神(赫菲斯托丝)非常反感这种行为,所以大家都不敢明目张胆地叫出口。"女神如此补充道。

但是这些事情,即便不说出来,大家也都心知肚明。

嚼舌根的店员们暂且不论,派系成员——与韦尔夫先生同

为锻冶师的他们会恶言相向，多半是出于嫉妒吧。

嫉妒他只要有心便可轻易跻身上级锻冶师阵营的才能，以及无需努力便能打造出魔剑的血脉。

我终于明白他为什么会被眷族排挤了。

"实力确实没的说，只是与你定下契约的那个锻冶师……内心可能隐藏着不便说出的隐情吧。"

隐情……吗？

关于能够打造魔剑的事，韦尔夫先生对我只字未提。

毕竟我们才认识两天，一般人都不会轻易和盘托出自己的情报。又或许韦尔夫先生刻意在隐瞒什么。

回想起他今日的言行举止，我不禁有这样的预感。

"贝尔，即便别人对你有所隐瞒，你也要笑着接受哟。哪怕是天神，也会有自己的烦心事呢。你要成为心胸宽广的男人哟。"

"上神大人……"

女神疼爱有加地注视着我，以温柔的语气如此叮嘱。

她双肘撑在桌上，以手掌撑住头的姿势，让我不由得垂下眉毛，露出微笑。

随着我傻里傻气的笑容，女神也跟着莞尔一笑。

"聊了好久呢，我们快点吃饭吧。还是说，你有其他问题想问吗？"

女神望着早已冷却的饭菜如此说道。

我犹豫了片刻，还是决定倾吐出所有的疑问。

关于最后迸发出的那股力量。

"就是说你的技能发动了？"

"是的……"

当我脑海中浮现那些憧憬的存在——英雄们的身影的时候，技能便发动了。

受到技能影响的部位会被白色光粒包围，然后该部位发出的攻击，能动性行动的效果会出现飞跃式的提升。

也许，要取决于力量的积累。

我把今天的事毫无保留地告诉了女神。

"贝尔，你站在那儿，让我看看你的属性值好吗？"

"啊，好……好的。"

女神的表情变得严峻起来，不容我有半点迟疑。

我从椅子上起身，站到女神前面，脱下了家居服。

她的视线也转向了刻有属性值的背部肌肤。

"嗯……"

女神摸着我的后背。

不经意间，柔软手指划过的地方产生一股热量。

无法看见漆黑的神圣文字似乎直接刻在了我的脑中。

我的眼前浮出幻觉，仿佛某块石碑上刻着"英雄志愿"几个大字。

"可以啦。"

我慢慢地转过头。

女神拿起放在椅子上的衣服，递给了我。

"那我就说说我的个人见解，你的那项技能属于逆转之力。"

女神静静地说道，依旧保持着向前伸手的姿势。

"那是一种为了打倒比自己更强大的敌人的力量……拥有能够颠覆一切困境的可能性。非要用一个词解释的话，那就是资格吧。"

那双散发着蓝色光芒的神秘双眸仰望着我，只照映出我的身影。

"也就是为了让那些像笨蛋一样渴望成为英雄的孩子梦想成真的通行证。"

阿尔戈·的瓦德杰——

那位梦想成为英雄的青年的故事。

憧憬成为英雄,最后梦想实现的男人的轨迹。

通向英雄的道路。

"赌上全部的一击,将所有力量倾注其中。在面对难以置信的压倒性力量时,只凭一介菜鸟的微小力量,实现逆转。"

如同英雄们经历过的那般。

女神继续说着。

"你持有的能力是'英雄的一击'。"

话音刚落,整个地下室陷入寂静。

我的视线莫名地被女神的双眸吸引,就这样对视了许久。直到女神用衣服敲了敲我,才慌忙回过神来。

我红着脸手忙脚乱地套上衣服。女神则看着我惊慌失措的样子,最后不禁"扑哧"笑出了声。

那种笑不同于平日的微笑,而是仿佛飘浮在更为遥不可及的远处的笑容。

仿佛在上空守望、目送着自己唯一的孩子,遥远而又充满慈爱的笑容。

我这是第一次。

无论是意识还是心跳,都被女神掠夺。

我呆若木鸡地站在原地,女神只是轻轻地说了一句:"你只要记住就好了哟。"

"啊啊啊啊啊啊啊啊!"

咆哮响起。

连续使出的踢腿以惊人的速度飞出,怪物瞠目结舌的脸被击得粉碎。

金属制的长靴上沾满了鲜血。虽然长靴已经击碎了数百头怪物的头盖骨,呈现出如同被岩浆洗涤过的模样,但深处微弱闪耀的光芒却从未衰灭。

这双特制金属靴不是保护脚的防具,更像是一件武器,如今正把它的威力毫无保留地对眼前的敌人释放出来。

"伯特,你挡着我了!要是把你砍成两段可不关我的事!"

"谁会蠢到被你那种钝得要命的武器砍中啊!"

"缇欧涅!今天的粮食是狼肉片哟!哇!好像非常难吃!"

"信不信我杀了你?!"

"笨蛋。"

第44层。

地下城深层区域,到处充斥着令人浑身发软的热气。

周围的地面被仿佛随时要燃烧起来的朱红色覆盖,四处散布着歪歪扭扭的岩石块。视野所及之处的壁面布满了裂缝,黑得如同焦炭一般。裂纹底下隐约闪烁着的红光,使黑炭色的墙壁散发出令人毛骨悚人的气氛。

伴随着如同被扔入火山腹中的错觉,远征中的洛基眷族正与一群岩石怪物——火岩展开激烈厮杀。

"那群家伙怎么一直都这么兴奋?"

"加雷斯。"

略带不耐烦的低沉话音传到了洛基眷族首领芬恩的耳朵里。

徐徐靠近的是一名矮人。

矮人蓄着长长的胡须,透过护具缝隙隐约能窥见如钢铁般的肌肉。带披风的坚硬重装加上轻易装备在手中的大规格板斧,

第三章 锻冶师的状况

兼具威严及魄力的身姿俨然一名身经百战的战士。

被称为加雷斯的矮人半眯眼睑，望着眼前闹得不可开交的伯特一伙，小声嘀咕："从进入中层开始就是这副德行啊？那阵势别人都没法插话。看啊，拉维尔他们也在头疼呢。"

"嗯，那几个人的确让人不省心，不过也没人劝得住啊……"

现在，包围着伯特一伙的不只是成群的怪物，还有洛基眷族的其他成员们。以 Lv.3 为中心的第二级冒险者们，正被高层次的第一级冒险者们的战斗模样吓得直冒冷汗。

伯特、缇欧涅以及缇欧娜。眼见这三位冒险者将深层中贵重的经验值如数收入囊中的阵势，站在隆起的岩石上、抱着手臂的霍比特人芬恩，也露出几欲叹息的表情。

"连缇欧涅也一副野性毕露的样子……芬恩，跟我会合之前都发生了什么？"

平日因在意憧憬对象（芬恩）的目光而假装沉着冷静的亚马逊姐妹的一员，此刻表情虽然淡定，却微微吊起了嘴角。带着时隐时现的凶狠战意，不停地挥动手中的两把短弯刀，那头乌黑的长发在战斗的热浪中激烈地舞动着。

稍稍推起阻碍上方视野的头盔，加雷斯仰望着站在岩石上的芬恩。

"被途中遇见的一位冒险者稍微刺激到了。"

"嗯？中层还有这么好事的人吗？"

"不，是在上层。"

"什么？"

按照远征的规则，洛基眷族兵分两路，负责统帅后续部队的是加雷斯。身为洛基眷族实力最弱的第一级冒险者，为了避免后续部队遭遇不测，加雷斯率领队伍保持着相应的间隔跟在集结了主战斗力的先遣部队后面，谨慎地在地下城中前进，并最终在预定的楼层与其会合。所以,他自然不知道走在前方的芬恩他们发生了什么。

加雷斯微微睁开那双琥珀色的眼眸,露出了略带惊讶的神色。

"可能有人刻意在背后操控,弥诺陶洛斯居然出现在第9层。最后被一个Lv.1的冒险者独自击败了。"

"Lv.1的冒险者打败了弥诺陶洛斯?不对,等下等下,你怎么知道对方是Lv.1?"

"碰巧有机会获悉他的属性值,我也是那时候确认到的。不过,前提是里维莉雅对神圣文字的解读没出错的话。"

"怎么,你不相信我的眼睛吗,芬恩?"

"哦哦,里维莉雅啊。"

精灵族的女性里维莉雅从背后靠近,加入了芬恩二人的谈话。

耀眼的翡翠色长发。即便暴露在闷热的空气中,通透的白皙肌肤上也不见一滴汗水。

她穿着精致的蓝色装备,站在了芬恩二人面前。

"芬恩,我下次还是穿长袍好了。精灵的裙子装备起来真是够费劲的。"

"嗯……洛基好不容易才买来的,你就稍微忍耐一下吧?"

"唔嗯,很适合你。"

"想到那仿佛要把我浑身舔一遍的视线,我就想赶紧把这件衣服扔出去……"

里维莉雅以冰冷的眼神低头看向自己身上单薄通透的裙装,当初主神塞给自己的时候,还用可怜巴巴的眼神哀求:里维莉雅,算我求了你,你就穿这个吧。

芬恩和加雷斯也都在防具下穿着与她身上的那套材质相似的蓝色底衫。与里维莉雅一样,没有丝毫闷热的感觉。

多亏这件装备有精灵的加护，才使他们得以免受扑面而来的热气影响。

"回到刚刚那个话题，除我之外，艾丝也是证人。那孩子也见到了贝尔·克朗尼的后背（属性值）。"

加雷斯听到刚才提到的那位冒险者的名字，挑起一边眉毛，沿着里维莉雅视线的方向，向独自沉默地伫立原地的艾丝望去。

"如果你们刚才说的都是事实，那艾丝理应会第一个冲到怪物跟前啊，难道只有我一个人这么想？"

"嗯？经你这么一说，的确有点奇怪？她表现得太老实，我们都没注意到这点。"

"没什么啊，随她去啦。反正过段时间又会恢复正常。"

与满脸讶异的芬恩相反，似乎察觉到什么的里维莉雅露出近似苦笑的表情。

艾丝微微低头，保持注视地面的姿势，在思考着什么。

依旧是面无表情，但嘴巴却总在"嗯嗯"地暗自嘀咕。

"听完你们刚才的描述，我觉得十分不正常……见到那位冒险者的时候，你们感觉到什么异常了吗？"

"战斗招式十分混乱，缺点也非常明显……不过，也难怪，我能理解伯特他们为什么会如此坐立难安。那孩子都让我们回想起了曾经作为新人冒险者的时光。"

摇曳着黄金色的头发，芬恩扭头瞧着加雷斯，露出与他那稚嫩脸庞极为相符的、孩童般的微笑。里维莉雅也感同身受般地补充道："身负统帅眷族的重任，我们太过习惯以保全伙伴和自己性命为前提的稳妥战法。对于至今未经历过任何突发状况的我们来说，那场拼上性命的战斗……确实显得有些耀眼。"

"怎么感我好像错过了什么珍贵的场面？"

听完里维莉雅的话语，加雷斯伸手捋捋胡须，后悔当时自己不在场一般喃喃自语道。

心思缜密的三位眷族首领视线的前方,年轻的团员们任由自己被体内的热火驱使,狂躁地发起攻击。

"里维莉雅。"

"怎么了,艾丝?"

对于突然飘至耳畔的低语呢喃,里维莉雅早有预料般地反问道。

艾丝沉默了片刻,再次开口。

"你觉得要怎样才能跨越……能力的界限呢?"

芬恩和加雷斯听到艾丝的问题,相继露出讶异的神情。

但很快,只有芬恩像是察觉到什么似的眯起眼睛,严肃地盯着艾丝她们。

"首先,这是我们不可能踏入的领域。将能力提升至极限倒还好说,但要超越是不可能的。"

里维莉雅回答了艾丝的问题。

如果以身为魔导士的她来举例的话,即使她能把与魔法效果相关的能力——魔力提升到最高评价 S,也无法使力量和耐久这两项精灵非常难磨炼的能力大幅度提升。就像有人精通学术,而有人擅长武斗一样,每个人都有自己的能力偏向,各个能力的范围也都存在既定的上限。

要想抵达上限都十分困难,更别说突破神赐予的恩惠的界限值了,里维莉雅如此断言道:"别胡思乱想了,艾丝。我们的界限都是根据等级决定好的。"

"嗯……"

在里维莉雅严厉视线的注视下,艾丝陷入沉默。

想到刚刚自己意识迷离地僵站在原地的样子,艾丝默默地拔出了剑。

锋利的剑锋出鞘，劈开了缠绕在剑身周围的热气。

在里维莉雅等人的注视下，艾丝迈开步伐走向战场。

"喂，里维莉雅。"

"没用的，怒火已被点燃。"

像是对听不进话的孩子感到厌倦一般，里维莉雅抑制住叹息的冲动，对加雷斯回应说道。

向着伯特几人迈进的步伐显得异常坚定。金色的头发在空气中摇曳，金色的瞳眸静静燃烧，冰霜覆盖着少女的美貌。

艾丝·华伦斯坦的另一面……

不知谁曾提起过的——战姬。

固执地追求力量的少女，只顾将整个身心投入战场。

（我还能……变得更强。）

低声自语渐渐消散在地下城的热气中，艾丝奋力冲向被提示出的可能性。

少女的眼眸中，至今还映照着成功超越界限的少年的背影。

清晨。

太阳正打算从围绕都市的城墙远端探出脸来。

原本打算潜入迷宫进行探索的我，在酒馆前被希儿小姐一把拉住。

"对不起，请再稍微等我一会儿！刚刚的料理有点失败……"

"那个，希儿小姐，不用这么勉强自己的……我已经收了很多次便当了，今天就……"

"不，我一定会为你准备的！所以请你一定收下！"

希儿小姐那不容拒绝的表情凑到我的眼前，我也只能惊慌失措地连连点头答应。希儿小姐则红着脸"啪嗒啪嗒"地匆忙跑回酒馆。

我每天都会收到希儿小姐亲手做的便当。今天似乎在料理的过程中不小心失败。平日的希儿小姐做饭向来都是从容不迫,她刚刚那副慌张的样子还真是少见,让人不由得想要发笑……今天的午饭又会是什么味道呢?虽然作为接受好意的一方不该挑剔,不过我还是担忧地冒出了冷汗。

"早上好啊,克朗尼先生。"

"啊,琉小姐。早上好。"

"非常抱歉耽误你的行程。不过,希儿小姐也非常努力……所以请你耐心地再等她一会儿吧。"

正当我无聊得不知该如何打发时间的时候,伴随一阵门铃的清脆响声,琉小姐特意走过来向我搭话。想到她是出于好意为希儿小姐说话的,我露出了笑容告诉她"没关系的"。

特意把店内工作搁置一旁的琉小姐,甚至还留下来陪我聊天。

"这样啊,你找到新的队员了啊。"

"有可能也只是暂时的……"

前几天琉小姐问过我寻找队员的事,我现在才有空将新队员的事通告给她。穿着服务生制服、头戴着白色头箍的琉小姐听完后随即问道:"克朗尼先生,那位队员是值得信任的人吗?"

"这个……"

"不是,抱歉,我不是怀疑你的判断,但若有其他眷族的成员加入团队的话,就该另当别论了。"

"除了个人问题以外,派阀背景也必须多加留意——"琉小姐以苍蓝色的眼睛看着我,如此说道。

我很清楚她是在为我着想。庆祝会的当天,为了庇护被冒

第三章 锻冶师的状况

险者缠身的我,这个人可是当场挺身而出。现在她依旧很担心我吧。

对于琉小姐的一番好意,我感到非常高兴,立即回答道:"对方是赫菲斯托丝眷族的成员,应该不会跟我们的眷族发生什么争端。毕竟两边的主神关系还算不错。"

赫菲斯托丝眷族毕竟是锻冶界的翘楚,他们与多个组织甚至是个人单位签订了契约,单从这点来看,就已经十分值得信赖。虽然大家都说存在利害关系的眷族间,随时都可能爆发危机,但赫菲斯托丝眷族绝对不在这类派阀的范畴之内。

如果只论韦尔夫先生的为人,我自然没有什么不满……可是……

突然想起昨晚与女神间的对话,思考片刻,我决定看看琉小姐的反应。我小心翼翼地说出韦尔夫先生的名字,还特意强调他是实力不凡的锻冶师。

怎么感觉我的这点小心思完全被琉小姐看穿了啊……

"克罗佐……"

听到韦尔夫先生的姓后,琉小姐停下了动作,反复叨着这个姓氏。

琉小姐做出不同于平日的反应,让我有些心跳加速。

"那……那你知道些什么吗?"

"不,不仅仅是知道……克罗佐可是部分精灵无法忽视的姓氏。"

精灵?

从意想不到的人身上打听到了关于克罗佐的情报,我非常惊讶。

"不介意的话,可以告诉我吗?我很想了解韦尔夫先生的事……"

“好吧,不过话虽这么说,也许不是你想知道的情报。”

琉小姐事先声明过后,开始她的讲述。

“想必你已经知道‘克罗佐之魔剑’的存在了,那么你知道身为魔剑锻冶师的他们具体为谁服务吗?”

“不,不知道。”

“是一个叫作王国(拉基亚)的国家。在诸多国家当中,算是离欧拉丽比较近的一个。”

拉基亚……来到欧拉丽之前,还在乡下的时候就经常听到。

比如那个国家又开战了,那个国家又到哪个地方远征了之类的。

“拉基亚本来是一个由天神掌管的国家系眷族。克罗佐一族为了谋取地位,向那个天神掌控王权的国家提供了大量的魔剑。”

到此为止的信息与莉莉说的基本一致。我点了点头。

“当中也有部分出于有战神之称的主神的神意,总之拉基亚是十分好战的国家。虽然现在暂时没有明显的动态,但只要瞅准时机便会挑起与其他国家及都市间的战争。”

(果真如此啊……)

“而在过去反复掀起的战争中,‘克罗佐之魔剑’毫无保留地发挥出了它的威力。”

故事即将逼近核心,我屏息凝神地认真倾听着。

“克朗尼先生能够想象连普通士兵都装备着‘克罗佐之魔剑’的军队吗?”

“难道……”

“没错。当时的拉基亚凭借魔剑的力量,拥有令人闻之色变的军事火力。那是无需谋划任何策略便能将对手轻易灭绝的压倒性火力。”

百战百胜,所向无敌,不败神话。

据说当时受到魔剑恩惠的拉基亚军队无休止地发起进攻。

"拉基亚太过猖狂。据说由于魔剑的滥用,战场的土地完全被毁坏,变成寸草不生的焦土……而这片战火同时也波及了同胞(精灵)居住的森林。"

虽然自神明降临下界之后,人类与亚人们的交流进入前所未有的鼎盛期,但现代仍有人依旧抱着封闭的思想。

其中最显著的例子就是精灵。虽然也只是一部分,但自尊心极强的他们厌恶与其他种族的交流,因此在森林深处构筑村落,过着与世隔绝的生活。

那么这么说不就……

"精灵们被赶出去了吗?受到战火的波及,被迫离开了长期居住的森林吗?"

"确切地说是村子被烧毁了。整个森林,连同村子一起化为灰烬。"

村子被烧毁了。

听到这句话,我不由得吞下一口气。

从故事的后续来看,无家可归的精灵们向某位天神寻求帮助……也就是通过接受恩惠加入某个眷族,最终攻入拉基亚。

当时已经失去魔剑之力的王国遭了巨大损伤,精灵们的复仇也暂时告一段落。

"肆意将战火延伸至各个区域的不过是手持武器的士兵们而已。怎么可以因憎恨他们手中的魔剑进而将不满转到克罗佐一族的身上?这岂不是扭曲目标……果然理不清事实的人很多啊!"

"事情就是这样,精灵无法忽视克罗佐家族的原因就在这里。"

"那琉小姐也恨他们吗?"

"不,我还没到那种程度。"

听到琉小姐爽快的回答,我不禁有些惊讶。

据说大多精灵对自己的种族抱有很强的自豪感,种族内的同伴意识也非常强。

虽然琉小姐强调说都是过去的事,而且自己的村落也没有直接遭遇战火……可是,怎么说呢?还是难以隐藏内心的意外感。

希儿小姐她们自不用说,连我这个刚认识不久的新人冒险者,她都百般照顾,一直以为她是那种自恃清高的人。

"贝尔先生,久等了!"

"看来闲聊的时间结束了。那么克朗尼先生,地下城探索期间请务必小心。"

"嗯,好的……"

琉小姐看见从酒馆内探出身的希儿小姐,随即向我弯腰道别。

她似乎要回去替代希儿小姐的岗位。我只能默默地目送。

"稍微来迟了点呢……"

我加快脚步在西街道上前进。早晨的钟声在街道东边响起,市民们开始纷纷涌向主街道,我带着焦急的心情快速奔向与莉莉她们约好的集合地点巴别塔。

我不停地挪动双腿,思绪却不经意间飘向其他地方。在脑海中反复咀嚼琉小姐话语的我,未能及时察觉到从正面接近的人。

"哦,真的来了呢。"

啊,我稍微睁大双眼。韦尔夫先生正扬着手朝我走来。

欸?有些奇怪。我们明明约好了集合地点跟昨天一样的……

第三章 锻冶师的状况

还是说,他是特意来接我的吗?

"哟,贝尔,早上好。"

"啊,早上好。那个……韦尔夫先生,你怎么会在这里?"

"哦,莉莉跟班让我带话,说她今天好像不能参加地下城探索了。"

"欸?"

据说正当韦尔夫先生一人在巴别塔前等候,莉莉以惊人的气势冲到他的旁边快速说明了情况。由于最近店内生意很忙,借宿店铺里的地精店主累倒了,而且似乎没有其他人可以照料他。莉莉连连低头道歉。

韦尔夫先生听说我会从西街道过来,便亲自跑来告诉我。

"怎么办,就我们两个人去地下城吗?"

"嗯……嗯……"

如果身为支援者的莉莉缺席,魔石或者掉落道具的回收效率就会变低。可是,如果不去探索地下城,今天一天就会闲得发慌……最好不要这样吧。

这么说,我又要像单身探索时那样背着背包,兼任支援者的工作吗?

"贝尔,既然如此,那你今天陪我一天如何?"

"啊?"

听到韦尔夫先生的提议,我疑惑地歪着脑袋。

他微微扬起嘴角,拍了拍手。

"咱们不是说好了吗?我要把你的装备全部换新。"

◆

"还……还是算了,对我来说有轻铠甲就够了啦,韦尔夫先生……"

"别客气,锻冶师说一不二的。"

望着快速向前迈着步子的韦尔夫先生的背影,我无奈地跟了上去。

虽说他之前向我承诺过,但想到我又要免费接收他打造的装备,愧疚之情不断地涌上心头。

我执意拒绝,但是韦尔夫先生却若无其事地坚持回答:"没事,交给我吧!"黑色的长袍在风中摇曳,他就这样气势凛然地在大街上前进着。

"贝尔,虽然这么说有点卖弄资本,不过建议你还是有点贪欲比较好哟!毕竟冒险者从来不知道自己的明天会是怎样。就算是为了迎接那个时候,眼下也该做好最万全的准备,不是吗?"

"嗯……"

非常有说服力。他成功地让我无法反驳。

死了就没有任何意义了,埃伊娜小姐也经常这么叮嘱我。

我也答应过女神绝对不会抛下她一个人。虽说节省也很重要……但最重要的东西绝对不可错失……吗?

烦恼了片刻后,我最终决定接受韦尔夫先生的好意。

拜托了!我深深地低下头,韦尔夫先生则微笑着回答了一句"嗯"。

"那么,韦尔夫先生,我们现在要去哪里呢?"

"我的工房哟。"

工房?听到我疑问的语气,韦尔夫先生开始向我解释。

所谓工房,就是作为锻冶师的韦尔夫先生工作的房间。似乎锻冶所需的道具和设备全都一应俱全,韦尔夫先生平日就在那里炼铁以及制造武器。

而且,据说还是眷族提供给他的……给每个成员配置工房

第三章 锻冶师的状况

似乎是赫菲斯托丝眷族的特权。

"特权的意思就是，一般眷族都不会给成员配备单独工房吗？"

"一般不会吧。设置共同工房会更加便宜，而且作业效率也会更高。"

"那为什么？"

"为了不让其他锻冶师偷学自己的技术。他们都主张'自己的技术只属于自己'。"

这就是工匠的普遍性情……也算是作为锻冶师的矜持吧。

眷族成员皆为竞争对手——我突然想起这句话。

"不过你可别以为我们性格阴沉或者孤僻，这也是赫菲斯托丝主神的方针。"

韦尔夫先生半开玩笑地说着，稍稍加快了脚下的速度。

我们正在东北街道上走着。"以前还从没来过这边呢……"我一边嘀咕着，一边好奇地四处张望。

街道两旁鳞次栉比地排列着大大小小的商店。并非酒馆之类的店铺，大多是类似工具加工之类的比较专业的店面。路上的行人也都穿着各式各样的工作服，颇有工匠的风范。其中似乎有很多是非眷族成员的自由市民劳动者。街道的尽头矗立着箱子状的大型建筑物……能看见好几座工场。

我记得好像欧拉丽的主要经济来源——魔石制品就是从这条东北街道制造出来的。

工业区，这个词语立刻浮现在我的脑海里。

"前面那个路口要转弯。"

我好奇地打量扛着粗壮圆木缓缓行走的矮人，紧紧跟在韦尔夫先生的背后。

离开主街，我们拐进一条狭长的小巷。尽管时间还很早，太阳光照射不到的石道显得有些昏暗,甚至有些凉意。头顶狭长的蓝天十分耀眼。

高耸着的巨大城墙逐渐逼近视野,正当我怀疑是否要一直走到都市尽头,韦尔夫先生突然停下了脚步。

"哇……"

在狭长的小巷里转过几个弯后,终于到达了目的地。

那是一间小巧精制的平房建筑物。

虽然遍布屋内各地的黑色污渍非常显眼,却不失锻冶工房应有的感觉!屋顶上方竖立着烟囱,看上去很是小巧可爱。

"我猜你也知道,这一带是工匠们的地盘,像这样的工房或者工场遍地都是。我们的总部也在附近。"

对于这些信息一概不知的我只能尴尬地以"这、这样啊!"之类的话语糊弄过去,继而开始观察起四周。

韦尔夫先生的工房离主街道偏远,跟我们总部所在的小巷看似有些相像,周围稍微有些昏暗。

即便不用刻意倾听,也能清晰传至耳旁的锤打声……锤炼金属的声音在四周回响着,即刻令人切身感受到锻冶师们的存在感。

看样子,赫菲斯托丝眷族似乎利用这片工业地带,给成员们建起了单独工房。

虽然最后还是得靠自己管理……但出手也真是阔绰啊!

"别呆站着了,进去看看吧。"

"啊,好的。"

我小声地说了句"打扰了",穿过韦尔夫先生工房的门。

最先感觉到的是浓烈的铁屑味。等韦尔夫先生拉开百叶窗,黑暗的屋内瞬间亮堂起来,缺乏光线的室内终于露出全貌。

墙上挂着各式各样的铁器。剪子、锤子之类的,应有尽有。尽

是从未见过的道具。

房间角落摆放着一个很大的炉具，还有一个以铸钢打造的台面，好像是叫铁床还是什么。

在没有任何隔墙的房间里，锻冶所需的道具及设施拥挤地排列着。

这就是真正的锻冶师的工作场所。

"抱歉，地方有点脏。能麻烦你将就一下吗？"

"哪……哪里，我没关系的！"

我反倒还想再参观一会儿呢……我怀着兴奋的表情使劲摇头。

韦尔夫先生苦笑着端过一把椅子，劝我坐下。

"总之，你只要在量尺码的时候配合一下就行。其余的就都交给我吧。"

"量尺码吗？"

"嗯，相当于量身定制吧，反正都要做，不如给你做一套专用的装备好了。"

武器店里卖的装备毕竟是通用的，尺寸上会有很多地方不贴合。虽然我们也可以自行调整误差，但再怎么说，也比不过根据自身尺寸量身定制的武器和护具。

"我打算做一个护腿靴，贝尔有什么想法吗？"

"嗯……我想想……"

"如果对装备有什么要求尽管说出来。比如没有盾牌就用不习惯之类的……对了，要是有其他想要的装备，都可以跟我讲。"

韦尔夫先生背对着我，开始物色起挂在墙壁上的各式道具。

我一边听着道具在韦尔先生手中哐当作响，一边在椅子上陷入沉思。

非要问我喜欢什么装备的话，大概也就是短刀和轻铠甲之类的吧。不是我客气，只是突然问我想要哪种装备，我一时间还真的想不出来。

嗯……我可不喜欢盾牌，不如试试其他轻型的护具之类的？

（啊，大剑……）

不经意间，某个固定在房间墙角处的架子跃入了我的视野。上面挂有数件武器，想必是韦尔夫先生以前的作品吧。

里面也有规格巨大的武器，我想起了自己跟弥诺陶洛斯战斗时的场景。

"韦尔夫先生，这个不能用了吗？"

我像是被吸引了一般不由自主地走向架子，紧紧盯着没有鞘的大剑。

不带任何装饰，银白色的剑刃清晰地显示着该武器特有的机能。

与韦尔夫先生赠与我的防具一样，同样是一件独具韦尔夫先生风格的作品。

"也不是不能用……这个是放在店里没卖出去，最后被退回来的东西。"

"可是，我想试试这个。"

我试着将大剑拿在手里，向他征求意见，韦尔夫先生疑惑不解地点点头。

我轻轻扬起大剑，顺势将其抛向空中，握住剑柄。接着将原本指向地面的剑锋向上旋转，使其朝向天花板，剑身闪出一股银色光芒。我不由得露出微笑。

我继续轻轻摆弄着大剑。果然分量十足，很难像短刀一样操控自由。

"怎么了？"

正当我第二次尝试挥动大剑，我注意到韦尔夫先生突然停

止了动作。

在我的追问下,凝视着我的韦尔夫先生放松嘴角。

"你一点都不想要魔剑呢。"

韦尔夫先生向我递来一个不加任何修饰的笑容。

"欸?"

"没什么啦,我只是没想到你居然没提出要魔剑,反倒看上我卖剩下的剑。"

望着表情略带兴奋的韦尔夫先生,我呆呆地"嗯"了一声。

对了,"克罗佐之魔剑"……我光顾着参观工房和里面的武器,把那件事忘得一干二净了。想到这里,我突然就慌了神。

正当我不知该如何反应的时候,韦尔夫先生露出了坏笑。

"那么,你们的主神赫斯缇雅大人都告诉你什么信息了?"

"什么?"

"是巴别塔店铺的员工告诉我的,说是店里雇佣的幼女女神好像在到处调查我。"

在详细向我说明情况的韦尔夫先生面前,我的脸色瞬间变得很差。

女神四处秘密打听情报的事情,莫非被揭穿了?

"对……对不起!上神大人并没有恶意,那个,应该说她是因为担心我才去调查韦尔夫先生你的事情的……说到底还是我的错。"

"没关系啦。毕竟自己手下的成员要跟别的眷族的家伙组队,担心也很正常啊。"韦尔夫先生反倒满不在乎地说,"你家主神挺好的嘛。"

我终于安心地长吁了一口气。

"我只是有点好奇……贝尔在听说我的事后,会不会改变对我的看法呢?抱歉,我还故意试探你。"

韦尔夫先生满怀歉意露出苦笑。

也就是说,他想试探我最后会不会说出魔剑?

试探我会不会利用拥有魔剑锻冶师血脉的韦尔夫先生得到魔剑?

毕竟克罗佐这个姓氏人尽皆知,他是不是因此变得有些神经质了?

咀嚼着韦尔夫先生话里的真意,我露出不可思议的神情。

"不小心偏题了呢,言归正传吧。除了大剑以外还有什么想要的吗?"

"啊,是的。那个……"

既然他都发问了,那我就再想想。既然他坚持要做,不如就拜托韦尔夫先生做把短剑吧,我走向摆有武器的货架,试图找出一件武器当参考。

我转身背对韦尔夫先生。

"那个,贝尔,我有点好奇,你那个是掉落道具吗?"

"欸?啊。"

韦尔夫先生指向的我腰间的位置,别着"女神之刃"和短刀以及"弥诺陶洛斯之角"。

"这是……没错,这个是弥诺陶洛斯的掉落道具……不知道为何,最后还是没舍得卖掉。"

那是浑身被染得通红的锋利犄角。我也没把它当成什么护身符,只是有种不能就这么轻易卖掉的想法。

也许是因为我不想轻易地忘记那头怪物,还有那场恶斗吧?

至少,它可以时时刻刻提醒我那段经历。

即便随身带着这种东西也派不上任何用场……

"既然如此,不如就用那个如何?"

"欸?"

"我的意思是,用这个角当材料来制作装备。毕竟是从弥诺陶洛斯身上得到的掉落道具,肯定能运用到武器里的。"

我睁大了双眼。

这样啊!有直接签约的专属锻冶师的话,只要将掉落道具交给他处理,就能为我打造出武器!

韦尔夫先生的提议听起来如同天启一般。这样一来,既不用将它卖掉,也不会白白浪费辛苦得来的掉落道具。我深深地弯下腰。

"拜……拜托了!"

"那就这样决定了。"

材料方面的问题总算解决了,我把'弥诺陶洛斯之角'交给了韦尔夫先生。

韦尔夫先生认真地观察掉落道具片刻后,双手在上面摸索起来。

"'弥诺陶洛斯之角'……有这么红吗?"

"什么?"

"不,也没什么。应该说,没什么破损,硬度也在平均水平之上。这样一来,只要通过研磨调整它的形状,就可以成为一件武器了……"

韦尔夫先生十分仔细地观察着"弥诺陶洛斯之角"。

他皱起眉头自言自语地嘀咕一阵,接着抬头看向我。

"贝尔,这项工作可以交给我吗?我想多下点功夫。"

"你……你随意啊。毕竟我又不是锻冶师,也不能给你提供什么意见……"

"真是太好了,抱歉还有个问题,如果只用这个掉落道具来做武器的话,能做出来的东西会非常有限……只能做一把短剑,或者两把短刀。"

韦尔夫先生断定"弥诺陶洛斯之角"能够打造出这样的武器。做成短剑的话剑身太薄,于是,韦尔夫先生向我推荐后者。

"女神之刃"暂且不论,从公会那里分配到的"短刀"……连我自己都觉得该换了。从等级来说,在所有武器中算最低级的了,我也很怀疑它在接下来的战斗,也就是对中层怪物还能不能发挥作用。

也许现在正是时候。我决定淘汰掉这把两个月以来早已用习惯的武器。

我做好决定之后便向韦尔夫先生提出委托——帮我打造一把短刀。

"好的,我知道了。总之这次就做一把短刀吧。剩下的材料嘛,我想想啊,就等到我取得锻冶能力之后再送你一份惊喜吧。"

"啊哈哈……"

看着刻意摆出一副得意表情的韦尔夫先生,我也垂着眉毛笑了。

随后我们便开始测量尺寸。韦尔夫先生频繁地换着桶里的测量道具,动作伶俐地为我测量身体各个部位的尺寸。

不知为何,脱鞋子测量脚部形状的场景令我印象特别深刻。

"这样一来测量就结束了,你可以回去了。"

"那个,韦尔夫先生,我有个小请求……"

"嗯?"

韦尔夫先生正在最后确认我握住武器的手掌尺寸,而我就趁这个时机战战兢兢地开口问道:

"我能在旁边看一下韦尔夫先生工作时的样子吗?"

想要参观锻冶师的作业过程,这是我发自内心的话。被带到这种工房,充满童真的好奇心早已蠢蠢欲动。肩膀附近更是躁动不安,我太想知道接下来会发生什么了。

直言不讳地将自己的想法告诉韦尔夫先生,他略带困惑地笑着感叹"你还真是个奇怪的人",随即答应了我的请求。

我发誓不打扰韦尔夫先生工作,大概是因为兴奋,脸颊不自主地变得滚烫。

"待会儿房间会变很热,你最好先脱下防具。"

"欸,哦,好的。"

我没能明白韦尔夫先生话中的意思,不过还是乖乖照做。

韦尔夫先生帮我把脱下来的轻铠甲放到房间的角落,待到我只剩下一件单薄的底衫,韦尔夫先生便走向工房内配备的火炉……开始准备生火。

"这、这是要做什么呢?"

"加热掉落道具。"

"要烧怪物的角吗?"

我将刚才对韦尔夫先生的承诺抛之脑后,兴奋地插起嘴来。

动物的角,算是类似骨头之类的东西吗?不是,虽然我不是很清楚……可那东西经过灼烧后不会变的破破烂烂吗……

"怪物的角和爪子都拥有金属的性质。"

"金属……"

"没错。你听过'坚钢石'吗?"

坚钢石……好像听过又好像没听过。

只依稀记得它应该属于稀有金属……

"坚钢石是只有地下城内才会出现的特殊矿石,作为武器材料可谓是一级品。硬度绝对不是普通矿石可比拟的。"

"在……在地下城能够获取吗?"

"嗯,必须要从能诞生怪物的墙壁中获取,非常稀有。虽然上层区域也有可能采集到,但多数收集回来的坚钢石都是来源于深层或者下层领域。"

只能在地下城获取,也就是说这种东西只存在于欧拉丽。

坚钢石似乎是这座迷宫都市的特产,由于是非常难采集到的矿石,其价格自然远超魔石。

"难道地下城诞生的怪物也拥有坚钢石的特质……"

"没错,聪明。你说得非常对。不过,比起成块采集而出的矿原石,强度就会相对弱一些。"

既然同样诞生于地下城,怪物某个部位会反映出该种金属的特性也并不奇怪吧。

虽然仅限于极少部分的怪物。韦尔夫先生告诉我,在牙齿或者爪子之类的具有攻击性的部位当中,很有可能会出现该种金属特性。

这么说来,上次那把厚重的剑都被这只角给折断了。

"'弥诺陶洛斯之角'也拥有金属性的一面。只要经过加热融化,就可以直接加工了。"

我连连点头表示理解。简单来说,就是要先将拥有金属性质的"弥诺陶洛斯之角"加热、加工,做好锻造前的准备工作。

"弥诺陶洛斯之角"被加热成红彤彤的画面浮现在我的脑中。

韦尔夫先生会像锻铁一样锻炼掉落道具吧。

"抱歉,贝尔。能帮我把百叶窗和门全部打开吗?"

以手巾裹头的韦尔夫先生如此说道。

"好……好的。"

我按照吩咐将窗户和门全部打开。

回过头,韦尔夫先生恰好准备把火种投入锻冶炉内。利用怪物"火岩"的火炎石制成燃火剂……效果过于强大,一般不会卖给普通人。

"如同坚钢石一样,这家伙的角以普通的热度是无法加工的。"

韦尔夫先生眯着眼睛盯着炉内,向我解释说道。

眨眼间大型炉内猛地窜起一片火苗和热气,整个房间的温度迅速上升,连离炉具很远的我都在冒汗。韦尔夫先生让我把防具脱掉原来是因为这个啊。

然后,韦尔夫先生开始闷头调整炉具。我则坐在椅子上旁观他的工作。

时间还远没到正午。距离与希儿小姐她们分别还没过一个小时,现在巴别塔里一定聚集了很多即将潜入地下城探索的冒险者吧。

无论是屋内,还是透过百叶窗看到的外部景色,小巷特有的昏暗都十分显眼。

炉嘴逐渐变得通红的炉具,总觉得有些神秘。

韦尔夫先生无比专注的侧脸,被火焰静静地照亮。

"你似乎有很多疑问。"

"欸?"

"没关系,有问题就问吧。我不想对已经缔结契约的人隐瞒什么。"

等到韦尔夫先生向我搭话,已经过去了一段时间。也许是工作暂时告一段落,他将脸从炉具处抬了起来。

我被他突如其来的话语,不对,是一针见血的提问吓得差点翻了白眼。

我当然想问,不对,该说这个问题困扰了我太久。在听说韦尔夫先生情况的时候,那个小小的疑问就一直萦绕在心头,生怕自己一不小心就问漏了嘴,这种心情强烈到连本人都能轻易察觉。

韦尔夫先生浑身散发着非常柔和的气息。脸上带着浅浅的笑容,注视着我的眼神中也充满了信任……

我吞了口唾沫，决定试着向韦尔夫先生的内心世界迈进一步。

"韦尔夫先生，你为什么不想做魔剑呢？"

我回想起当他发现我这个客人的时候难掩兴奋的样子。

只要他愿意打造魔剑，像我这种客人，以及金钱，绝对要多少有多少。

能轻易获得财富和名声的魔法武器。克罗佐一族炉火纯青的本领。

我向韦尔夫先生问起不打造魔剑的理由。

"这个嘛，总之有很多原因吧……"

韦尔夫先生脸上浮现出苦笑，再次将视线移至炉具上。

"其实，我很讨厌魔剑。"

他对魔剑表示出明确的拒绝。

"虽然我嘴上说作品卖不出去，其实我的客人曾经多到数不清……不，现在多少也有吧。"

"欸？"

"事情非常简单，也让人火大。他们在武器店里找到我的武器，发现上面克罗佐的签名，于是相继奔到我的工房里，要求我为他们打造魔剑。"

韦尔夫先生一边操控着脚下的工具把空气送进炉具，一边说道。

"从来不正眼瞧我的作品，只知道魔剑、魔剑、魔剑……除你之外，其他家伙嘴里蹦出的都是这个词。其实我也清楚，自己的本事尚不成熟……可是，你应该懂吧，那种不甘的滋味。"

凝视着鲜红火焰的韦尔夫先生的嘴角，出现了一丝沮丧的皱纹。

传说中连海洋都能燃尽的无敌魔剑，被世人追捧的是"克罗佐之魔剑",并非韦尔夫先生的作品。

慕名而来的客人,没有一个人欣赏韦尔夫先生本身的价值……都只是看中了克罗佐的血脉的价值。

目的只有魔剑。

"那么,韦尔夫先生你……呃,那个……"

"我当然忍无可忍了,直接对他们说:'你们这群垃圾,谁要接受你们的委托!'毫不客气地拒绝了那些妄想得到魔剑的混蛋。"

"哈……哈哈哈……"

韦尔夫先生接过我吞吞吐吐的话语,我只能尴尬地发出几声干笑。他这份心情我能理解。

对于不欣赏自己作品的人的反感之心。不,也许是对自己体内流淌着的克罗佐血脉的反抗之心。

我能够理解,话虽如此,可还是……

"那个……只有这个理由吗?"

我隐约觉得还有别的缘由。

宣告自己讨厌魔剑的人的话里,还隐藏着更深层次的含义。

他没有立刻回答。

韦尔夫先生将视线从炉具上挪开,站了起来,走向放着"弥诺陶洛斯之角"的铁台。他双手拿着类似钢凿的工具和铁锤,开始了切割掉落道具的工作。

当刺耳的捶打声即将达到50次的时候,"弥诺陶洛斯之角"终于断裂。韦尔夫先生取下稍小的那一半,再次坐到了炉具前。

"你知道克罗佐一族为什么要制造魔剑吗?"

韦尔夫先生用即便从远处眺望也知道是特制的剪刀夹住牺角碎块,放进温度极高的炉具内。

我凝视着专注于工作的韦尔夫先生,如实地回答"不知道"。

"原本克罗佐只是一个男人的名字,后来才被子孙当作姓氏。我们将那个男人称为初代。那是众神光临下界之前的事了。"

我们把众神还未降临下界的时代叫作古代,也就是数千年前。

克罗佐一族的历史原来有这么悠久,我没有说话,只是露出惊讶的神情。

"初代似乎是个不怎么受欢迎的锻冶师。当然,他那时候还不能打造魔剑。但初代却为克罗佐一族的繁荣奠定了结实的根基,这是不容置疑的事实。"韦尔夫先生顿了顿,继续说道,"初代挺身而出,救了某个被怪物袭击的种族。"

"某个种族,是指……"

"就是圣灵。"

"什么!"唯有我的尖叫声在房内回荡。

韦尔夫先生用余光瞟了一眼无比惊愕的我,淡然地继续说道:

"身负濒死重伤的初代,最终被受到帮助的圣灵想尽办法给救活了。他们割破身体的某个部位,将自己的血分给了初代。"

"这……这么说,克罗佐身上……"

"没错。留着圣灵的血。"

圣灵——

宁芙、灵、元素灵、灵怪……还拥有其他各种各样称呼的下界住民。与其他种族相比,数量极为稀少,是神秘的存在。

被称作"最受神宠爱的孩子""神之化身"……

在人类与亚人之间流传着各种说法,唯一清楚的是圣灵是最接近神明的种族。

"喝了圣灵血的初代完好无损地复活了。我一点都没夸大事实,那是奇迹的力量。自那以后,身为人类的初代居然可以使用魔法,而且也会打造魔剑了。"

圣灵的潜在能力对其他种族而言是压倒性的。

他们与精灵都属于代表性的魔法种族。既能燃起劫火,也能呼唤暴风雨;既能在森林中创造一个湖泊,也能炼成金银宝石。

他们的力量几乎等同于半个神明。

也就是说,能够引发奇迹。

"难道说,克罗佐其实是英雄一族吗?"

"不,没那回事。不管初代本性是好是坏,都只是非常平凡的庶民而已。"

圣灵在许多故事里,尤其是英雄谭里——"很多英雄谭都不是捏造,而是存在原型的。"祖父曾经这么告诉我——也都频繁出现。

圣灵们利用奇迹的力量为英雄们指路,偶尔还助他们一臂之力,协助他们完成肩负的使命。

说具体点,就像刚刚韦尔夫先生说的那样,授予他们魔法之力,或是给予他们强力的武器,甚至有的圣灵会将自己变成一件武器。

圣灵的力量与英雄们的伟业有着千丝万缕的联系,并且为其做出了巨大贡献。

如果处在神明们还未莅临下界的时期,那他们的恩宠可以说是神之恩惠的替代版。

"甚至能够延长寿命的初代的血液,由于圣灵的力量,至今依旧延续着。从天界注视着一切的神明也证言过,我们是初代正统的子孙绝对没错。"

自从神明们降临下界,居民也开始逐渐与神秘的圣灵们产生交流。不过,圣灵们的性情太过反复无常,自我的概念非常淡薄。除了部分有所改观之外,其他完全没有变化。

地精之类的种族在其中算是与我们相处得较为融洽的。外表皆如老人的他们,凭借自己加工贵重金属或宝石的精湛技艺,默默地支撑着我们的生活。

虽然由于神之恩惠的盛行,现在的圣灵没有以前那么宝贵,但他们仍是充满神秘的存在,至今仍被人类和亚人们在各种意义上憧憬着。

"即便体内流有圣灵的血液,圣灵的力量也没有对初代的子孙带来明显的影响……然而,就在数代前的克罗佐族人被神赐予恩惠的时候,意外地掌握了那个……"

"技能?"

"没错。只是为了制作魔剑,家族里的大部分人都无条件地学会了该种技能。"

借助属性值的作用,沉睡在克罗佐一族中的可能性觉醒了。

跨越时代,圣灵的力量在瞬间复苏。

"此后的事就跟莉莉跟班说的一样,克罗佐将威力远超以往作品的魔剑卖给了王族。"

韦尔夫先生还说,克罗佐一族也是在那个时候成为王国的一员的。

总的来说,初代克罗佐族人因为被赋予的圣灵力量,在神之恩惠出现前就制造出了魔剑。此后,克罗佐被称为锻冶魔剑的一族……继承相同血脉的人能打造出强力的魔剑,也是因为他们的身体里残留着圣灵之血。

克罗佐繁荣的根基,就是源自血液中的特性。

"据说他们获得至高地位后便开始肆意妄为。有了克罗佐一族制作的魔剑,国家在战争中从未失利,赞美声以及来自王族的褒奖从未断绝。族人日日沉浸在美酒佳肴中……我不明白锻冶师为何要将自己伪装成贵族。"

韦尔夫先生一面自嘲地述说着,一面盯着炉内烧得正旺的火。

谈话中断了。

很长一段时间,工房内只回响着炉火的声音。

"后来,克罗佐一族开始骄傲起来,忘记了体内流淌着的血液,自以为魔剑是属于自己的特殊力量……为了满足一己私欲,开始轻易量产魔剑。"

"所以才遭到诅咒。"

韦尔夫先生一字一句地说道。

"克罗佐一族侍奉的王族在战争中凶残无度,遭到村落被烧毁的精灵们的怨恨……"

"这……这我知道。"

"不仅遭到了精灵们的怨恨,也遭到了赐予初代血液的圣灵们的怨恨。"

"什么!"

"圣灵喜欢居住在资源富饶的土地上。结果魔剑致使山体崩塌,湖泊干涸,森林被烧毁……精灵们失去赖以生存的住所,圣灵们也不得不被赶出家乡。"

琉小姐也向我提起过,克罗佐与精灵族的恩怨。

克罗佐的恩将仇报,害得圣灵们也被"克罗佐之魔剑"夺走了重要的东西。

"精灵们将怒气的矛头率先指向王国,继而转向魔剑,以及克罗佐一族。"

"在某场战事中,奔赴前线的战士手中的魔剑,都毫无预兆地破碎了,还未使用就化成了灰烬。毫无疑问,过度依赖魔剑的王国军队在那场战争中惨败而归。"

"这是圣灵们的所为吗?"

"肯定是吧。同时,克罗佐一族再也无法制作魔剑,族人被圣灵们诅咒了。"

原来就是这样被诅咒了吗……

我不由得缩起肩膀。

"王国自那以后也是连吃败仗。毫无用武之地的克罗佐一族被迫为战败负责,地位遭到剥夺,成了别人口中的没落贵族。我出生的时候,家族已经完全衰落了。"

从天堂到地狱。虽然也称不上是因果报应……

这就是关于如今没落的克罗佐一族的故事。

欸,可是,等等……

"那个,克罗佐一族不是不能制作魔剑了吗?可是,韦尔夫先生你还说能制作魔剑……"

"嗯,我是可以啊。虽然不知道为什么。"

是因为诅咒已经失效,还是说圣灵们的怨气已消,或是因为韦尔夫先生个人体质的原因?

虽然不明缘由,但似乎韦尔夫先生现在是家族里唯一能够打造"克罗佐之魔剑"的人了。

然而,韦尔夫先生却不顾克罗佐一族的阻拦离开故乡……据说正当他漫无目的地四处流浪的时候,碰巧被赫菲斯托丝主神收留。

"虽说是为了重振家族,我还是十分感谢教会我锻冶技术的父亲和祖父。多亏他们我才体验到了靠自己的双手打造出武器的喜悦。"

周围的温度似乎又高了一些。已经渐渐感受不到时间的流逝。这时,韦尔夫先生将掉落道具从炉具中取了出来,移到了铁床上。

虽然还能看出原形,但'弥诺陶诺斯之角'已经红得快要融化了。

"在摆满煤炭,散发着一股铁锈味的工房里,我站在父亲和

祖父的身旁充当助手,其实我并不讨厌那种感觉。"

从他的语气中可以感觉出,韦尔夫先生似乎想起了初次锻冶的场景。

其中莫名地掺杂着一丝哀伤。

"但是……当父亲知道我有这方面的资质的时候,为了重振克罗佐家族的繁荣,他便强行要求我打造魔剑。"

韦尔夫先生单手拿着锤子,深呼吸一次,继而吊起眼角,将嘴唇抿成一条线。

那是我第一次看见,韦尔夫先生作为锻冶师的表情。

我的呼吸瞬间停滞。

"某次他不小心说漏了嘴,其实他想让我打造出可以让家族加入王族的道具。"

韦尔夫先生将手中紧握的锤子,一口气砸了下去。

"武器这东西不该是拿来谋取权贵的吧。"

狰狞的金属敲击声宣示着锻造的开始。

仿佛想把所有的心意都塞进武器中一般,韦尔夫先生挥舞着锤子。

"它不该是政治道具,也不该是往上爬的手段。武器是与使用者融为一体的东西才对啊。"

虽然韦尔夫先生只是小幅度地敲击着,敲击音却异常地响亮。

通过能力中"力量"的加成,他的每一击都蕴含着常人无法比拟的威力。

"不管使用者被迫陷入何等困境,只有武器始终不会背叛他。自握住武器握柄的那一刻,武器已经和使用者融为一体了。"

是因为施加的力量大小不同吗?锤子下落的方式每次都不一样。

时而像是拉长金属般声响洪亮,时而像是在修改形状般十分轻微。

我没有插话,红色金属块正以肉眼可见的速度改变着形状。

"身为锻冶师的我们就该打造出那样的作品。"

倾注于武器的是他的满腔热情。韦尔夫先生本人仿佛化为一团火焰。

过于真挚的、坚不可摧的心意。

"以逼近极限的热情,配合恰到好处的力度对铁块进行打造。必须与铁正面对峙,才能打造出像样的武器。怎么能敷衍了事,怎么能借助血脉的力量打造魔剑,怎么能……忘记锻冶的本质?"

他专心致志地敲打着铁块,如同被鬼气似的东西附身一般。

韦尔夫先生透过那块燃烧着赤红火焰的金属,看到了什么呢?

"我讨厌魔剑。它迟早会碎裂,最后留下使用者孤身一人。"

飞溅的火花,通红的火光……

每当锤子砸中掉落道具,燃烧的金属碎片便随之弹起。韦尔夫先生穿着的黑色便服轻易将红热的金属碎屑反弹到了地上,那似乎是毫不逊色于冒险者的防具。

我这才注意到韦尔夫先生穿着一件破破烂烂的衣服,也就是他的工作服。

被烧焦的黑色斑块以及陈旧的外观,如实地倾诉着它经历过无数次的锻冶。

"我最讨厌魔剑了。它的力量能够侵蚀人心。不管是使用者的矜持,还是锻冶师的骄傲,它全都会吞噬殆尽。至少,我们(克罗佐)打造出来的剑是这样的。"

令负责制造的锻冶一族也自甘堕落的,强力无比的魔剑。

© Suzuhito Yasuda

"被诅咒的魔剑锻冶师"。

我好像领悟到了这句话的真正含义。

"我不会打造魔剑。即便打造了,也不会拿去卖。"

无视从脸颊上流淌渗出的汗水,韦尔夫先生再次举起锤子。

敲击声不断回响。没有丝毫间歇的火热、激烈的旋律笼罩着狭小的工房。

韦尔夫先生专注的身姿,甚至使我忘记拂去脸上的汗珠。

刚进入这个房间闻到的铁的味道——当时强烈到令人想捂住鼻孔的味道,现在变得那么遥远。

韦尔夫先生一心凝视着眼前的物体,一次又一次地挥动手中的锤子。

透过百叶窗眺望,屋外已被染上黄昏的颜色,天色逐渐转暗。

韦尔夫先生的作业也终于接近尾声。

"完成了!"

"哇……"

从工房深处走出来的韦尔夫先生,将双手捧着的扁长盒子放在桌上。

我探出头窥探盒子内部,里面是一把闪耀着绯红色光芒的短刀。

透明感的尖锐刀身,长度比"女神之刃"要稍微短一些。从它那鲜艳的色泽中,能找出些许"弥诺陶洛斯之角"的影子。

刀柄呈与刀刃相近的赤铜色,大概已经根据我手掌尺寸做过调整了吧。

"这……这个,看起来非常厉害呢……"

"可能是制作材料比较好吧。这可是我迄今为止的作品中,最优秀的一把呢。"

开心的脸上透着疲劳的韦尔夫先生,对着我露出了满意的微笑。

果然,虽然表面谦虚,韦尔夫先生自己也非常认可这次的作品,不然他是不会说出"最优秀"之类的词的。

我激动地对着韦尔夫先生再三鞠躬。

"啊,抱歉。没来得及帮你准备刀鞘。我明天就帮你做好,今天就随便拿一个凑合吧。"

"没……没关系的。也不用急着明天就做好……再说今天已经忙到这么晚了。"

"不,这东西还是要全部趁热做完比较好。铁就是这样呀……"

韦尔夫先生活动着右肩对我说道。

真有锻冶师的感觉! 我如此想着。不对,他本来就是如假包换的锻冶师啊。我不禁对自己的想法发出苦笑。

是不是所有工匠都跟韦尔夫先生一样呢? 我面露微笑的同时,如此呆呆地想着。

"好了,那我们给它起个名字吧。"

正当我心情大好地想着这些时,韦尔夫先生将身子向前探出,俯瞰着绯红色的短刀。

他将右手抵在下巴上,眼睛眯成一条缝。

发挥出非同寻常集中力的韦尔夫先生缓缓地开口:"牛若丸……不,牛短刀。"

"不不不不不不不不! 第一个不就挺好的吗!"

"嗯? 贝尔你比较喜欢牛若丸吗?"

我脸色大变,以唾沫横飞的气势冲着韦尔夫先生大喊:"没必要犹豫了!"

在我的百般恳求下，韦尔夫先生最终遗憾地说了声"这样啊"，勉强答应下来。

"好了，拿着吧。"

"好的。真的非常感谢你，韦尔夫先生。"

暂时借用其他作品的刀鞘，韦尔夫先生装好后单手将短刀递给我。

我最后再次向韦尔夫先生道了声谢，伸手准备接过短刀……嗖……盒子被举了起来。

"咦？"看着完全扑空的手，我不由得发出疑惑的声音。

"就是那个啊。"

"什……什么？"

"差不多该改改你那死板的称呼了吧。"

听完韦尔夫先生的话语，我睁大了眼睛。

"我们才认识没多久，也不指望你完全信任我啦。但还是请你像对待莉莉跟班那样，随意地和我交流……就像伙伴一样。"

韦尔夫先生……不对，韦尔夫微笑地如此说着。

我面带微笑地爽快回答：

"我知道了，韦尔夫。"

他再次递出短刀，我郑重地接了过来。

终章 下一个舞台

© Suzuhito Yasuda

今日，人声鼎沸的公会本部，依旧有很多冒险者的身影来回窜动。

不过交错的脚步声及说话声都无法传至大厅的角落——面谈用的单间内部。

隔音效果非凡的房间里，贝尔和埃伊娜隔着桌子相对而坐。

"克罗佐？那个，要是我弄错了可别见怪。你说的就是，那个锻冶贵族的……"

"是的……他们果然很有名吗？"

"嗯，你说得没错。冒险者和附近的人，但凡听到克罗佐的名字都会条件反射地想到那个家族。"

自获得新锻造的短刀已经过去一周，贝尔向埃伊娜报告了韦尔夫的事情。毫不犹豫签下契约的这位锻冶师同伴，又是一个备受争议的人物，埃伊娜的脸上浮现出苦笑。

"不过，真是让我吃惊。"

"欸？"

"克罗佐本人在欧拉丽，一般情况下很快就会在都市内声名鹊起啊。他毕竟是绝无仅有的、著名的魔剑锻冶师呢。"

韦尔夫的名声没有在都市内传开，是因为他接连将客人们打造魔剑的请求回绝了。

简单来说，若未能打造出真正的魔剑，韦尔夫是不会被认可为克罗佐的。清楚他来历的赫菲斯托斯眷族成员暂且不论，大多客人都鄙夷地将韦尔夫视为冒牌克罗佐。

"无法打造魔剑的克罗佐就是废物"——慕名找到韦尔夫的部分客人如此评价，于是，他还没出名便被埋没了。

没有责怪埃伊娜的意思……但再次亲眼见识到光凭是否能打造魔剑来判断韦尔夫价值的现实，贝尔的情绪还是稍稍有些低落。

"抱歉。那么,关于刚才那件事情……"
"啊,嗯……那你今天也可以给我看看吗?"
转换思维后的贝尔立即切入主题。
有些手足无措的埃伊娜,难掩僵硬的表情,从座位上站起来。
贝尔也跟着站起,在埃伊娜面前转过身,脱下了防具和底衫。

贝尔·克朗尼

Lv.2

力量:G267　耐力:H144　灵巧:G288

敏捷:F375　魔力:H189　幸运:I

确认过贝尔属性值的埃伊娜,刚欲张开的那双娇小的双唇又闭了起来。

升级至Lv.2只过了十天。尽管如此,最高的能力评价却达到了F,从I上升了三个阶段。

这家伙究竟要以何种速度飞跃才肯罢休?

穿上底衫重新坐回座位上的贝尔,稍稍向埃伊娜探出身子。

"我们团队已经集齐三个人了。这样的话,能去中层探索了吗?"

被眼前的深红双眸中饱含强烈意志的炽烈目光惊得倒吸一口凉气,埃伊娜缓缓地闭上双眼。

中层初始的第13层到第14层的基本能力评价到达基准是I到H。也就是说,贝尔已经充分满足下一层所制订的安全基准了。

Lv.1的前卫型锻冶师,外加属性值贫乏的支援者。唯有贝尔一人力量突出,团队构造十分怪异。话虽如此,但第13层出现的怪物与第12层的怪物之间在力量上并没有明显差距。以铠甲鼠为首的怪物们也会在中层出现。

只要贝尔及时提供支援,暂时不会有全军覆没的危机。

那是一个勉强符合进入中层领域资格的团队。

"稍等一下。"

睁开眼睛的埃伊娜暂时离开了单间。

贝尔独自在房间内等候片刻,埃伊娜很快便折回。手上多了三张细长的像车票一样的纸片。

"贝尔,你拿着。"

"这是……"

"'火龙护衣'的优惠券。拿着这个去巴别塔的话,可以享受部分折扣。"

对着依旧摸不着头脑的贝尔,埃伊娜解释道:"进入中层没有问题。但有个条件。那就是一定要为队员准备好'火龙护衣'。"

"什、什么火龙护衣?"

"那是精灵的护衣。听好,如果不装备这个,那就绝对不能去!明白了没有?"

"好……好的!"

面对竖起一根手指,从桌子对面探出身来的埃伊娜的压迫力,贝尔慌忙点头答应。

吊起纤细柳叶眉的半精灵埃伊娜无力地长呼一口气,重新坐回座位上。

"贝尔,绝对不可乱来哟。遇到危险就立即折回,说好了哟。"

"好的。"

在那双绿宝石色的眼眸的注视下,贝尔点了点头。

从埃伊娜口中,贝尔体会到了中层这一未知领域的紧张感。

一定要将她的话铭记于心。

"要加油呀!"

埃伊娜一如既往地垂下眉梢，露出精致的微笑。

将那笑容深深印在眼眸里，贝尔向同伴们正等待着的地下城进发。

◆

"噜咕啊！"

鲜红的斩击使银背猿陷入了无法战斗的状态。

使出斩击的是左手持的红色短刀。散发出火焰燃烧般光泽的刀刃，在地下城的迷雾中划出一道道鲜红的轨迹。

瞄准接二连三从雾的深处袭来的怪物群体，贝尔这次用握在右手的"赫斯缇雅之刃"迎战。

"嘿！"

"咕啊！"

以远超 Lv.1 的速度夺取先机，高速发起反击。

被击倒在地的小恶魔嘶声哀嚎着，在草原上来回滚动。

"雾气很快就要消失了！"

在第 10 层无法比拟的浓雾中，贝尔听到了附近莉莉的声音。

地点位于地下城第 12 层的目的地，也就是连接着第 13 层的楼梯间。

在正方形的空间内，只有半间飘散着迷雾。只要跨过那条界线，视野立即就会变得清晰。

视力超群的霍比特人莉莉提醒大家接近终点了。

大家一边时刻警惕不与彼此走散，一边快速迈着步子在没过脚踝的草原上奔跑。

"哇！"

刚感觉白雾像烟一样摇晃，视界顷刻间便明朗起来。

进入贝尔视野的是分散各地的怪物群体，以及由岩石墙壁构成的地下城最深处。

周围的墙面皆呈浓厚的木色，唯有一处是由灰色的岩石构成的。在墙壁的正中央，有一个巨大的洞穴突兀地敞开着。

那里就是——

通往中层的入口！

心脏扑通扑通地敲打着胸口。

"呼！"

贝尔将莉莉与韦尔夫甩在身后，率先发起攻击。

瞄准发出恐吓咆哮的怪物群体，贝尔发动了突显"敏捷"数值的奇袭。

"哐——"

红色短刀仅需一击便使铠甲鼠化为灰烬。

尽管瞄准的是胸部偏下的位置，巨大的冲击波也随即散发开来，击碎了魔石。

"牛若丸"——宽十五赛尔尺左右的单刃。韦尔夫用"弥诺陶洛斯之角"打造的特制武器，不同于"赫斯缇雅之刃"削铁如泥的锋利度，"牛若丸"有着惊人的破坏力。

蓝紫以及绯红，两种颜色交替的斩闪。

熟练地交替使用两把高威力的武器，贝尔背后不断堆积起怪物的尸骸。

"看来用得很顺手……对吧！"

"咿嘎？"

韦尔夫看着手持自己打造的武器在怪物群中大显身手的贝尔，露出了满脸的微笑，随即挥起扛在肩上的大刀砍向怪物。将从贝尔眼皮底下溜出的两只小恶魔一并解决。

"哦哦哦哦哦哦哦哦哦哦哦哦哦哦哦哦哦哦！"

"来了吗……"

一个巨大的身影震动着地面,徐徐靠近。

面对装备着天然武器枯木的半兽人,韦尔夫打算出手迎击。

"唧咿咿咿咿咿咿咿!"

但是,就在韦尔夫刚要奔向半兽人的瞬间,尖锐的声响向他袭来。

声音源自在空中盘旋的怪音蝙蝠。

由于蝙蝠怪物极具杀伤力的怪音波,韦尔夫的平衡感瞬间遭到破坏。

半兽人朝着以近乎击碎膝盖骨的姿势跪地的韦尔夫毫不畏惧地逼近,抡起那根粗圆的武器。

"韦尔夫大人!"

听到莉莉的尖叫声,贝尔也察觉到了韦尔夫的危机。

把握状况的同时,贝尔瞬间反应过来——在自己与半兽人连成的直线上,有韦尔夫在中间挡着,不允许使用烈焰雷电。

贝尔迅速做出判断。

他像子弹般起步奔跑,沿直线极力缩短与怪物的距离。

"莉莉,大剑!"贝尔大声吼道。

仅凭这几个字,莉莉就了解了贝尔的打算。

莉莉跟在如兔子般蹦跳着奔跑前进的贝尔身后,将手伸到背包外侧,用力扯下那把大剑。

为了方便拔剑,莉莉解开大剑外的护套系扣,接着调整好侧面的皮带使剑柄横向突出。那娇小的身体与大剑一起勾勒出精致的十字架。

莉莉跑到少年的预测路线上,转过身背对着他。

随后,贝尔将莉莉视为剑鞘,"锵"的一声拔出了银色大刃。

"嗒——"

全力加速。

朝着即将要给韦尔夫致命一击的半兽人,全力突击。

"哦哦哦哦哦哦哦哦哦哦哦哦哦哦哦哦!"

"啊啊啊啊啊啊啊啊啊啊啊啊啊啊啊!"

与怪物发起的横扫正面对峙,贝尔斜向挥出大剑。

厚重的大剑陷入横向飞来的木棍,随即将其粉碎。

"呜呜!"

怪物惊讶地怪叫。

以力量为傲的全力一击居然没有奏效,半兽人的眼中满是惊讶之色。

贝尔借加速之力使出的全力大斩击,压过了半兽人的怪力。

以间不容发之势,身体重新获得自由的韦尔夫飞越贝尔的头顶,横向一闪,半兽人的头颅被大刀砍飞。

"啊,真是抱歉。"

"别客气……我们不是伙伴嘛。"

面对尴尬地挠着头的韦尔夫,贝尔害羞地露出苦笑。

韦尔夫先是瞪圆双眼,接着"扑哧"笑出了声。

下一瞬间,随着一阵清脆的声响。

莉莉射出的箭,漂亮地将怪音蝙蝠击落。

"那么,进行最后的商讨吧。"

将房间内的怪物清除完毕后,三人跪在地上围成一个小型的圆。

围在草地被破坏得面目全非的岩壁前,在土地上画着简略示意图的莉莉首先开口:"按照惯例,进入中层以后要安排队形。首先,前卫是韦尔夫大人。"

"我可以吗?"

"应该说除此之外,没有其他适合韦尔夫大人的位置了。不,莉莉可没有觉得自己很了不起……对不起,我们继续。"

在三个并排的圆圈内，莉莉用力地将短刀刺入正中央的那个。

"贝尔大人就负责中卫，担任韦尔夫大人的后援。这个位置需要兼顾攻守两个方面，负担最重……可以吗？"

"嗯，我没关系。"

见到贝尔点头答应，莉莉指向最后的圆圈说"最后剩下的后卫就是莉莉了"。

"想必你们也都非常清楚，我们这个队伍非常不稳定。特别是由支援者担任后卫的话，自然在火力方面会存在不足，所以事先要有心理准备，一旦我们陷入困境，要想逆转是十分困难的。"

"就是说只要一次判断失误就会丧命吗？还真是严格啊！"

"要夹着尾巴回去吗？现在的话还来得及。"

"说什么蠢话。我还急着早日成为上级锻冶师呢。好不容易有条捷径摆在面前，我怎么可能放弃？"

贝尔只是傻傻地观望着莉莉与韦尔夫一如既往地斗嘴。

正当他兴致盎然地倾听着两人的对话时，忽然发现他们讶异地看向自己。

"你在笑什么呢？"

"那个……我笑了吗？"

"没错，非常明显的坏笑。贝尔大人，您也太缺乏紧张感了吧！"

贝尔摸了摸脸，发现自己确实带着笑意。

他慌忙道歉。

"道歉就算啦，不过我很想知道，你到底在笑什么呢？"

"呃，那个……就是感觉气氛热闹点好啊……现在的我们更像团队了，非常高兴啊！"

满脸通红的贝尔将视线挪向地面，随后又交替看着莉莉和韦尔夫。

"而且你们不觉得这样很振奋人心吗？大家齐心协力一起去冒险之类的。"

依旧两颊通红的贝尔难掩兴奋地露出小小的微笑。

冒险才是冒险者的最大乐趣呀！

踏入充满未知的神秘土地，与同伴一齐协力发现新的事物。名为未知的兴奋，互帮互助的伙伴，以及分享的喜悦……都足以令人兴奋难耐。

冒险者不可以冒险这句教诲暂时被抛之脑后，深红的双眸散发着少年应有的光辉。

"哈哈哈哈哈哈！你说的没错，这样确实令人无比兴奋，不兴奋就太不男人了，不是吗？！"

"虽然莉莉有些不敢苟同……不过，我理解贝尔大人的心情。"

看到对方的表情，韦尔夫豪迈地大笑起来，莉莉虽然露出苦笑，眼角却柔和地绽放着笑意。

突然间莫名涌起欣喜之情的贝尔，任凭感情的驱使，尽情地释放满脸笑容。

"那么，准备好了吗？"

"嗯，没问题了，出发吧。"

"嗯。"

并排站立的三人，向着洞穴所在的岩壁靠近。

在漆黑的通往中层的入口处，凹凸不平的岩石地面一直延伸至下坡道的尽头，坡道深处还有昏暗的磷光微微闪烁着。

掺杂着几分泥土气息的岩石味道以及浊湿的空气，无不散发出仅凭豪言壮语无法驱散的恐怖。道路前方，或许还有未曾谋面的凶猛怪物。

贝尔只能稍稍握紧拳头，以抑制瞬间竖立起的鸡皮疙瘩，双眼怔怔地凝视着地下城深处。

（没事的……我不是孤身一人，我有非常可靠的伙伴，尽管我们不隶属同一眷族。既然如此，也……一定……可以成功。）

贝尔如此想着。

（好的！）

在内心深处回想着那思慕的源头，金色的憧憬。

贝尔终于向中层进发。

属性值

Lv.**1**

力量:0617　耐力:0521　灵巧:0645　敏捷:0509　魔力:170

魔法

【鬼火(Will O Wisp)】

- 对魔力魔法(Anti Magic Fire)
- 咏唱式"燃尽吧，外法之业"

技能

【魔剑血统(克罗佐之血脉)】

- 能够制作魔剑。
- 制作时可以强化魔剑的力量。

大　刀

- 大型宽刃刀。
- 韦尔夫自制的武器。拥有轻松攻略上层的威力。
- 由于是自己专用的武器，没有固定名称。除非是为别人打造的武器，否则韦尔夫都不会特意起名字。

韦尔夫·克罗佐

隶属:赫菲斯托丝眷族
种族:人类
职业:锻冶师
抵达楼层:第12层
武器:大刀
所持金钱:94000法利

便装

·原本是锻冶用的工作服。虽说具有耐火性和耐热性,防御力却很低。
·通常会在这件服装外套上搭配防具。

短篇"Quest X Quest"与"致女神的铃铛发饰"是由"GA 文库杂志 2013 年 5 月刊"及"GA 文库 2013 年 2 月刊"中刊载的短篇集修改而来的。

© Suzuhito Yasuda

晴空碧朗。

也许是气候稳定下来的缘故，欧拉丽近日都是阳光姣好的大晴天。

被和煦的阳光温柔笼罩着的主街道上，种族各异的市民们携带着随身物品熙熙攘攘地来回走动着。

有头上顶着水果篮子的，有腋下夹着换洗衣物的，还有穿着精致讲究、颇有商人气息的行人。驰骋在道路中央的马车，将在人群中逐渐膨胀起来的喧嚣吞噬殆尽。

人声鼎沸的街头，人类与各种亚人擦肩而过，现在才说似乎有点晚，不过真的蛮有异国风情。

"今、今天也够呛的……"

我一边欣赏着沿街的风景，一边迈着摇摇晃晃的步子在西街道上前进。

自从恳请艾丝小姐教授战斗方法，已经过去两天（今天是第三天了）。

还来不及等太阳升起，便在黑暗中进行的特训，致使我的身体在前往地下城之前就被打得遍体鳞伤。比起在地下城与怪物间的交战，训练中累积的伤痕明显要更多。

在不时传来欢声笑语的街道上，我拖着伤痕累累的身体，艰难地在石板道上挪动。

不过，这也是为了变强，为了追上作为师父的她。

我在心里反复提醒自己，强迫疼痛的肉体向前移动。接下来还要去地下城探索，我要赶紧去集合地点与莉莉碰面。

"贝尔……贝……尔……"

没有掺杂多余感情的、尾音拖得冗长的声音。

听到有人呼唤自己的名字，我停下刚迈出一半的脚步，在原地扭过头，很快找到了发出声音的人。

是隶属于米赫眷族的兽人团员,犬人娜扎小姐。

她站在与主街道相连的两栋建筑物间的小道路口,手在胸口前轻轻挥动着。依旧套着那件左胳膊半袖、右胳膊长袖的奇怪上衣,右手还戴着皮革手套。从长裙中伸出的毛茸茸的狗尾巴缓慢地摇晃着,她半垂着眼睑,以眼神示意我走过去。

神情略微讶异的我,躲过左右的人潮,朝她身旁走去。

"那个,早上好。你怎么会在这里呢?"

"嗯,稍微有点事吧……"

我还是第一次在这个时间、在这种地方碰到她。

我疑惑地歪着头。娜扎小姐则依旧是昏昏欲睡的表情,只有嘴唇缓慢地挪动。

"我在等你哟。我想着守在这的话,应该可以碰上你……"

要从总部前往都市中心的地下城,西街道是必经之路。娜扎小姐似乎早就猜到我会经过这里,于是早早地守着了。

那么,找我有什么事呢……只见她从怀中取出被揉成一团的羊皮纸,递到我面前。

"冒险者委托……可以拜托你完成吗?"

"委托……"

"嗯,报酬一定不会少的……我希望你能帮忙收集上面列出的东西。"

我的眼神在列有清单的羊皮纸与娜扎小姐之间来回移动。她随即微微低下了头。

"希望你能帮助我和米赫大人……拜托你了!"

"哈,哈……"

"没有具体时间限制,但最好能尽早完成……那就拜托你了!"

"我告辞了!"娜扎小姐心情愉悦地扬起手,接着转身朝小巷深处走去。我眺望着往米赫眷族总部方向消失的背影,不断地眨着眼睛。

让我稍微理一理,意思就是——我接到委托任务了。

我再次低头扫视写有怪物名称之类的羊皮纸。查看以流水般字迹记录的共通语及划在下面的波浪线后,我不解地挠挠头,决定先与莉莉会合再做商议。

❦

"冒险者委托?"

对于惊讶地提出反问的莉莉,我点点头。

靠近巴别塔的中央广场,作为集合地点的那里种植着大量阔叶树,周围还设有方便休憩的石砖凳。

耀眼的阳光透过叶片缝隙柔和地照在我们脸上。我把刚才与娜扎小姐的对话告诉了莉莉。

"还真是少见呢。不管派阀间的关系有多好,正常情况下都不会有人直接向下级冒险者提出冒险者委托呀。"

"原来是这样啊。"

"没错。虽然也要视具体内容而定,不过基本上与眷族相关的冒险者委托,通常只会委托给上级冒险者。"

有着资深支援者资历的莉莉,对于地下城相关的各种知识及常识要比我清楚得多。同时也精通冒险者情报的她,难以置信地微微歪着头。"可以给我看看吗?"莉莉从我手中接走羊皮纸。

"嗯,话说如果只是这种程度的话,向 Lv.1 的冒险者提出委托也不奇怪……"

在羊皮纸上记载的委托内容,大致就是希望我能收集掉落道具"蓝凤蝶之翅"。

莉莉不满地撇着嘴巴，以大而圆的眼睛仰视着我。

"贝尔大人，他们不会是想故意利用你吧？上面都没写报酬什么的。莉莉感觉咱们这回被塞了件麻烦事……而且还拿不到多少钱。"

"这、这怎么会……"

也许……说不定还就是她说的那么回事。

我回想起数次被娜扎小姐强行推销商品的场面，虽然有些失礼，我还是瞬间赞同了莉莉指出的疑点。

为了掩盖随之冒出的冷汗，我故意切换了话题。

"那……那个，冒险者委托要怎么做呢？我怎么好像在哪里听过。"

突然想起来了，埃伊娜小姐其实很早以前就跟我提起过，还再三叮嘱我不要接受奇怪的冒险者委托。只是，自从与艾丝小姐邂逅之后，我就一门心思地努力攻略地下城，再也无暇顾及其他事情。

听完我的疑问，莉莉以手指抵着下颚，陷入沉思。

"确实，也不能说今后贝尔大人就碰不到……那这样吧，咱们今天就花点时间去完成冒险者委托吧。"

莉莉的后半句是对我说的，随即她便乐呵呵地笑起来。

"欸，可是……"

"而且刚好也可以趁机休息一下，贝尔大人最近一脸疲惫的样子……"

为了追上憧憬的人，休息对我来说太奢侈。仿佛看穿了我的心思，莉莉如此提议。

面对以狐疑的眼神窥视着我的莉莉，我顿时有点手足无措。她正在暗中指责我没有把与艾丝小姐一起进行晨间特训的事告知她。

"偶尔也要稍微休息一下哟,贝尔大人!今天就趁着休息,接下这件冒险者委托吧。"

"呃……也对啊。那就这么办吧。"

小心思彻底被莉莉识破了啊!我不禁苦笑。

尽管如此,莉莉依旧处处为我着想,我决定坦率接受。

反正她说的话也的确正中靶心。

"不过,咱们还是先去一趟公会吧,最好熟悉一下冒险者委托的相关知识,说不定以后也能用到。"

不知为何,莉莉带着无比欣喜的笑容,二话不说拽着我向前走去。

"所谓冒险者委托,简单来说,就是对冒险者提出的委托的统称。"

我们正行走在西北街道上。

与其他主街道相比,道路更为宽阔的这条大道,如同其"冒险者街道"之名一样,有很多冒险者的身影。

"或者也可以说,被称作委托人的一方,雇佣冒险者为自己解决各种问题。委托人方会准备与委托内容相称的报酬,冒险者方则通过顺利完成冒险者委托来获取报酬。"

"那个,也就是说,就像授予恩惠的神明与我们之间的关系……"

"嗯,借用神明们的话来说,就是各取所需吧。"

以石板铺成的道路上回响着杂乱的脚步声。

眼下时间还很早,尚未开始地下城探索的冒险者在公会或者各类道具店内穿梭,想必是在做各种准备吧。

不经意间,我被一群穿着精致服装及防具的精灵队伍吸引了。目光。莉莉没好气地掐了一下我的大腿。我不停向鼓着脸的她道歉,认真地倾听莉莉接下来的说明。

"在欧拉丽,说到最传统的冒险者委托……大多是冒险者代替战斗力不足的委托人,前往地下城深处收集资源。"

"很有迷宫都市的感觉呢。"

"呼呼,说得没错。"

不一会儿,绮丽的、以白色石材砌成的巨大建筑就出现在随着冒险者人潮移动的我们眼前,如同大神殿般的存在——公会本部。

我们横穿过前院,走进宽阔的大厅,这里也有很多冒险者来回走动。

立即变身成兽人小孩的莉莉,可爱地抖动着头顶的猫耳,在大型公告牌前停下了脚步。

"冒险者委托基本上是通过公会来公布的。这就是新发布的冒险者委托列表。"

硕大的公告牌上贴着无数张羊皮纸。除了部分是公会提供的有关地下城以及冒险者的官方情报,其余基本都是莉莉说的冒险者委托书。

每一张羊皮纸上都清楚地记载着委托内容、报酬以及证明委托人身份的签名或者眷族的标志。

"我看看啊……'要求收集地狱犬之牙×10''希望用以下报酬交换第24层的宝石树果实''讨伐迷宫领主——募集临时队员※注:加入条件为Lv.3及以上'……"

看着看着,我的脸颊开始莫名地抽搐。

如果给每张委托书标上难易度,其中大部分都会令我望而却步。唯一有可能胜任的,也就只有"收集半兽人的皮×30"这种程度的委托了吧。

可即便如此，也不是一朝一夕能够解决的……似乎非常麻烦。

"如您所见，有关地下城的冒险者委托，几乎都是以中层以下的区域为对象的。"

中层……也就是第13层以下的楼层，Lv.2以上的冒险者们的领域。

升级后的冒险者，总的来说，都被归类至上级冒险者的范畴。

"为什么关于上层的委托很少呢？"

"因为对一般的眷族或者冒险者而言，那种危险系数较小的楼层，他们可以凭借自己的力量攻略。除非是只有冒险者才能完成的事项，否则他们只要编成队伍，慎重地多花些时间，抵达上层区域的第7层左右还是没有问题的。"

啊，原来如此。

欧拉丽的冒险者中，未达成升级，仍处于Lv.1的似乎占了半数。

有人说很多眷族虽在上层能够如鱼得水，但进入中层便显得无能为力，我非常赞同。由于能够进入中层以下区域的冒险者数量有限，有关那些楼层的委托自然也就更多。

莉莉刚刚也说过，大部分冒险者委托都是针对上级冒险者的，原来就是这么回事。

"但是，贴在公会里的委托，其委托人多半是眷族或者商人，所以每项委托对冒险者来说都极具诱惑力。"

"也就是说，会明确标注报酬……比较有信用。"

我露出尚未理解透彻的表情。莉莉则再次挪动脚步。

离开公告牌前，走出公会本部。

"我的意思是,也有十分可疑的冒险者委托。这种委托,要么隐藏委托人的名字,要么委托内容含糊不清。"

"那个……或者不注明报酬之类的?"

"没错,真是聪明啊,贝尔大人。您能察觉到这一点,莉莉很高兴。"

仿佛在为自己学生的成长感到欣慰,莉莉露出微笑。

"顺便说一下,莉莉也用过这种手段哟。"听莉莉乐呵呵地讲述这些,我只能抽动嘴角陪以假笑。

莉莉究竟是有多恨冒险者啊……

"总之,无法得到公会认可的信用度低的委托,以及普通人提出的委托等,都会集中出现在那样的酒馆里。无论怎么看,都是漏洞百出的冒险者委托。"

莉莉指向沿着西北街道建造的众多酒馆中的一家。

经营那家酒馆的似乎是某个眷族,人们经常会在那里商讨非公会的冒险者委托,也就是非正式的委托。仔细一看,门上的确挂着眷族标志的招牌。

顺带一提,据说那种眷族经营的酒馆还时常向客人打听情报,具有情报屋的功能!

依靠收取冒险者委托的中介费以及出售手中情报来营运的眷族……很有经营头脑啊!

眷族还真是干什么的都有啊!

"主要就是这些吧。对于没有公会介入的冒险者委托,不想被骗的话,还是不要接手为好……比如被关系不错的眷族直接委托任务。"

我明白莉莉想要表达的意思。

娜扎小姐的委托没有经过公会认证,而且她的信用也不足,本来不该接手。莉莉是想告诉我这些吧。

可是,如果是素不相识的人,拒绝也无可厚非。但毕竟委托人跟我们尚有交情,没必要那么小心翼翼吧……

"所以,贝尔大人才总被说是老好人。也许这些话不该由莉莉说,但倘若哪天有人利用您的天真善良的话,你很快会上当受骗的。"

莫非我的想法全都写在脸上了?莉莉又是一顿狠批。

我心里有数啦……嗯,还是不敢还嘴。

"没事,只要有莉莉盯着,任何欺诈都别想靠近贝尔大人,所以,您就放心吧——好了,冒险者委托的基础知识大致就是这样,差不多该进入正题了吧。"

"啊,嗯。"

在街道上慢悠悠地迈着步子,我再次取出那张羊皮纸。

反复确认当中的内容,我小心地握紧娜扎小姐的冒险者委托书。

嗯,不过,要收集"蓝凤蝶之翅"吗?

"说起蓝凤蝶,是那个吧?被称作'稀少种'的……"

"嗯。出现阶层是在上层,对于现在的贝尔大人来说没有危险……但要找到可是十分费劲的。"

"也是啊……"

虽然娜扎小姐说没有时间限制,但我接下的这个冒险者委托的确有些棘手啊!

见我露出气馁的表情,为了消除我的不安,莉莉向我递来一个灿烂的笑容。

"放心吧,贝尔大人。莉莉自有办法。您稍微准备一下,咱们稍后就进入地下城。"

真是的,每次都是莉莉关照我啊!

对于这位能够弥补我所有不足的支援者,除了对她感到愧

疲,剩下的便是无条件的信任。

◆

蓝凤蝶。

出现于地下城第7层的蝴蝶怪物。

拥有四片通透的蓝色翅膀,据说它飞行时翅膀撒下发光磷粉的模样,能使冒险者驻足,忘我地仰头观望。

丝毫不像怪物,外观唯美的蓝凤蝶,同时也作为遇见几率极少的"稀少种"而闻名。

在各阶层中存在数量稀少且不易见到的怪物,我们将其归为"稀少种",蓝凤蝶也属于其中之一。当然,极难发现的"稀少种"的掉落道具十分珍稀,附带价值也非常高。

也有人说,蓝凤蝶与其他"稀少种"相比,出现率还稍微高一点……但若以平日的方式探索地下城,想要找到目标也十分费时吧?至少我今天还一次都没有见到过这种怪物。

回忆起曾经被埃伊娜小姐强迫灌输进大脑的怪物图鉴,我暗自推测也许一天时间无法完成委托。

"这已经到了非常深的地方了吧?"

"是的,马上就抵达本层的南端了。"

我们现在正在第7层搜索。光顾过道具店后,就立即潜入了地下城。然后就在蓝凤蝶有可能出没的楼层里四处行走。

遵从莉莉的指示,我们在形同迷宫的细长道路中马不停蹄地前行。大约过去一个小时,我们已经走到了第7层的深处,方向完全偏离通往连接下层阶梯的路线。

虽然在地下城里来回穿梭过很多次,但还从没到过这么偏远的地方。对于陌生路线紧张的同时,我也不忘用"女神之刃"与短刀迅速解决途中出现的怪物。

莉莉迅速从被我打倒的杀手蚁体内取出魔石。

"莉莉,这层深处到底有什么呢?"

"地下城的食品库。"

"食品库?"与我发出反问的同时,道路前方的景物开始发生变化。

浅绿色的墙壁,点缀着磷光的天花板,脚下的地面也渐渐凹凸不平。随着脚步的移动,极具规则的迷宫构造逐渐消失,令人不禁产生一种误入洞窟内的错觉。

我惊讶地不断眨眼,天花板的磷光不知何时开始变淡,四周变得昏暗起来。

(有光……)

相反,洞窟状道路拐角深处,隐约地闪烁着神秘绿光。

我停下脚步默不作声地瞧着莉莉,她也只是安静地点点头。我屏息凝神,小心翼翼地走向洞窟深处。

加速的心跳声震动着我的肺部。

早已习惯潜入地下城的我,很久没有这种探索秘境般的心情了。从未涉足的领域——未知的预感,促使仍为新人冒险者的我的心中升起一股强烈的紧张感及兴奋感。

听着四周回响的脚步声,我战战兢兢地转进拐角,步入闪烁着绿光的终点。

迈出脚步的瞬间,我的大脑一片空白,忘记自己想要表达什么。

一望无际的广阔空间。

在更深的楼层都未曾目睹过的、无比硕大的空洞。

率先吸引我视线的是屹立在正前方的绿色石英。

巨大的绿水晶柱一直延伸至昏暗的洞窟天花板,与后侧的壁面融为一体。四处有结晶隆起的扭曲表面令人联想到树皮,整个柱子像极了石英树。

刚才提到的神秘绿光,就是由这棵水晶树发出的。

(怪物们……)

从水晶树中渗出的透明液体,在树根处形成一汪泉水。

仿佛渴求着那些液体般,杀手蚁与紫飞蛾依附在树干上,刺针兔则在下面喝着泉水。

"被惊呆了吗?"

"莉莉……"

"这里是食品库……地下城为怪物们准备的供给食粮的地方。"

对于呆若木鸡地僵在原地的我,莉莉心情愉悦地回道,并且补充说明。

"在地下城诞生的怪物们也会感到饥饿。虽然有的怪物会专门捕食冒险者,或者吞食同类,不过绝大多数是通过摄取身为母体的地下城所提供的那些液体来充饥的。对于怪物们来说,这个广阔的空间就是营养源,相当于地下城的食品库。"

"莫非在这里能碰到蓝凤蝶?"

"嗯。与其漫无目的地寻找,不如埋伏在这里,遇到的可能性还更高一点。"

总算弄明白了。

除去第1层及第2层外,似乎每个楼层都存在两三处食品库。只要坚守在其中一处,就不必大费周章地在宽阔的楼层内来回寻找,完全可以坐等饥饿的蓝凤蝶上钩,趁机抓住它们。

蹲点埋伏,捕获猎物,这就是所谓的狩猎吧?

"好啦,贝尔大人,别光顾着看,赶紧藏起来啊!要是被怪物们发现的话,那可就不妙了。"

"啊,这……这样啊。"

莉莉使劲推着堵在路口的我。

这处大空洞除去我们走过的路径外,还连接着十几条通道,现在仍有怪物从各个路口出现。万一被发现,可能会陷入与空间内所有怪物战斗的局面……演变成即便用惨烈都不足以形容的场景。

我们悄悄地挪到大空洞的角落里。

"那么,失礼了。"

莉莉放下背包,迅速从中取出一块大布,布料呈淡绿色,乍一看与第7层淡绿色壁面一模一样。

莉莉将如同巨大斗篷般的绿色布料抖开,严实地遮住我和她的身体。

"原来这块布是拿来作掩护的……"

"嗯,第7层没有嗅觉灵敏的怪物,老实待着不动的话,足以藏身。"

进入地下城前,莉莉说要做好充分准备,购入这件道具。起初我还纳闷有什么用……没想到是这样啊。

从怪物们的举止来看,身披与墙壁颜色相同、与四周景色完美融为一体的隐蔽布里的我们,丝毫没有被专心进食的它们察觉。

"那、那个,莉莉,不觉得有点挤吗?"

"不不,因为背包也要全部盖住,所以里面完全没有空隙了呢。没错,就是这样,所以必须要挨紧点。"

莉莉的娇小身躯主动地一点点靠近,我的大脑不自觉地动摇起来。

仿佛要将整个身子倚靠在我身上般,莉莉紧紧地抱住我的右半身。柔软身体的触感透过底衫传递而来,我的脸顿时一片通红。

话是这么说没错……可莉莉怎么看起来很开心的样子？难道是我的错觉？

我在布里难为情地小心扭动，同时还小声地与莉莉搭话。

"对……对了。你带了吸引怪物用的血肉（陷阱道具）吧？可这里都有食物了，怪物们不会上钩吧？"

为了掩盖亲密接触带来的羞涩感，我故意寻找话题。

仍像一只小猫咪般惬意地趴在我身上的莉莉很快回答了我的疑问。

"如果让贝尔大人长期吃同一种食物，您不会腻吗？"

"啊……"

"呼呼，就是这个道理。怪物们也是美食家哟。"

又让我长知识了，与此同时，我提出了一个疑惑已久的问题。

像这种非常易于狩猎的场地，为什么见不到冒险者的身影呢？莉莉告诉我，因为食品库的位置十分偏僻。虽然每一层都有数个食品库，但每个都在该楼层最深的位置，夸张的时候，比潜入两层迷宫还要费时间。与其花上好几个小时到这种地方狩猎——有足够的实力在食品库战斗的话，还不如潜入更深楼层，击败魔石质量更高的怪物，赚的钱还更多，效率也比较高。

最重要的是要是出现意外，有可能遭到大批怪物围攻的危险局面。

出于以上几个理由，冒险者都不会选在食品库狩猎。

（有没有可能是因为他们不想破坏如此美丽的景致呢？）

透过布眺望着眼前的美景，我如此想道。

照亮硕大空洞的温暖绿光。

树木散发出的水晶光芒十分美丽、透彻。树根周围的泉水犹如反射月光般，静静地闪烁着粼粼波光。

泉水附近绽开着好几朵青蓝色根茎的白色小花，白兔时不

© Suzuhito Yasuda

时拨开花丛,从中探出脸来。紫飞蛾头上沾着发光的石英,沐浴着绿光在树干上小憩。一群杀手蚁迈着响亮的步伐,以树木为目标,朝着泉水靠近。

被绿光包围的整片景致,显得无比柔和。

原本凶暴的、丑恶的怪物们,不知为何,现在看起来是那么美丽。

尽管我十分清楚它们是人类的敌人,是凶猛的怪物。

尽管我知道那是遭遇之后,就会毫不留情地发起攻击的危险存在。

唯有这份景致,想让它永远地保存。

我环视着这片被绿光笼罩的梦幻空间,任由思维漫无边际地遨游。

"贝尔大人!"

莉莉瞬间肩膀一抖,抓住我的胳膊用力摇了起来。

意识迷离的我猛地浑身一震,顺着莉莉视线的方向望去。下一刻,我睁大了双眼。

是优雅地挥着翅膀的蓝色蝴蝶。

冒险者委托的目标——蓝凤蝶,有数只成群地在空中飞舞,出现在食品库附近。

"我们不远千里跑到食品库来是对的。"

"嗯,嗯。"

我们不禁有点小激动,准备随时发起行动。

蝴蝶怪物的美丝毫不逊于大空洞的景色。它的身型要比紫飞蛾纤细得多,四枚翅膀也非常娇艳。在空中描绘出的蓝色轨迹,无不令人为之赞叹。

蓝凤蝶基本没有战斗力,但翅膀上散落的蓝色磷粉却拥有治疗怪物伤口的功能。娜扎小姐寻求蓝凤蝶掉落道具的目的,也是想用于回复药的开发吧?

"不能在这里下手。要等它们离开食品库,然后我们跟在后面。"

"嗯,知道了。"

要集中精力完成冒险者委托,我和莉莉继续躲在绿色布下等待时机。

凉爽的风柔和地拂过脸颊。

刚走出巴别塔,掠过肌肤的风使我眯起一只眼睛,向莉莉递去一个笑容。

"还好进展得很顺利呢。"

"嗯,还很幸运地回收到了掉落道具呢!而且有这么多。"

莉莉也开心地对我笑了。在地下城等待一段时间之后,我与莉莉尾随那群蓝凤蝶,成功获取掉落道具,然后立即返回地面。

如同莉莉说的那样,所有被消灭的蓝凤蝶身上都出现了掉落道具,省时省力自不用说,我们甚至开始浮想联翩。

总共五枚翅膀……这样一来,提出委托的娜扎小姐也一定会满意的。

"就算把这些翅膀拿去公会换钱,至少也能得到九千法利吧,毕竟翅膀要想保持毫发无损很难的。不,交涉顺利的话,或许还能抬高价钱。哇,真是有点浪费啊!"

仅仅几个稀少种掉落道具就让她开心成那样,莉莉的话中无不透露着兴奋的情绪。我向乐得不可开交的队友投去苦笑,从中央广场出发朝西街道走去。

(整个心情都好起来了呢……)

目睹了那片唯美的景象，整个身心都得到休憩。

毫无疑问这是一次非常完美的休假。感受着席卷全身的舒适，我迈着轻快的步伐向前走去。

"打扰了，下午好啊。"

"贝尔？"

穿过小巷，我进入了米赫眷族的大厅。

站在离柜台有一段距离的娜扎小姐，发现穿门而入的我，稍微睁大了原本半闭着的眼睛。

"莫非你已经完成了委托？"

"没错，就在刚才。"

我将夹在腋下的、相当于小型盾牌大小的包裹打开，露出里面的东西。

看到闪耀着蓝色光芒的"蓝凤蝶之翅"，娜扎小姐罕见地露出狐疑的表情，随即又开心地扬起嘴角。

无力地耷拉在地面的狗尾巴，以异于往日的阵势剧烈摇摆起来。

"谢谢你，贝尔……你真能干！对你刮目相看了。"

"没……没有啦。"

"我就知道贝尔是个能干的孩子……"

被脸上堆满笑容的娜扎小姐表扬，我满脸通红地挠挠头。

娜扎小姐轻轻地拍了拍面带羞涩的我的头。

"百忙之中打扰真是抱歉，不过差不多该交换物品和报酬了吧。"

至今为止默不作声的莉莉，突然以锋利的语气直接切入话题。

娜扎小姐停下动作，将视线挪到莉莉身上。此刻的莉莉正摆出一副天真无邪的笑容。

与莉莉初次见面的娜扎小姐似乎猜到她是我的同伴，坦率地点头回应："也是啊……"继而走到柜台后面。

　　"贝尔大人，请您不要这么色眯眯的。"

　　"我……我哪有色眯眯的？"

　　"不用多说了，您只要记住就行了。只有如实地收到报酬，冒险者委托才算结束。"

　　"欸？"

　　我对莉莉如同格言的教导发出不解的声音，而她则依旧看向娜扎小姐的方向，脸上挂着坏笑。

　　我莫名其妙地歪着脑袋，没多久娜扎小姐便抱着一个木箱子走了过来。

　　"这就是报酬……两打回复药。"

　　"两……两打！"

　　我从米赫眷族购买的回复药，即便最便宜的也要五百法利，二十四个的话……一万两千法利！

　　"工钱也包含在里面哟！"娜扎小姐补充道。尽管如此，我还是略为惶恐。

　　不过更多的是对于第一次收到报酬的欣喜。刚打算将装有"蓝凤蝶之翅"的包裹递出，就在此时——"啪"的一声。

　　从旁边伸过来的小手摁住了我的手腕。

　　"莉……莉莉。"

　　"可以稍等一下吗，贝尔大人？"

　　对于娜扎小姐的视线，莉莉丝毫不躲闪，以非常自然的动作将手伸向她抱着的箱子。

　　莉莉取出其中一根装有蓝色溶液的试管。

　　"真是失敬。货我们待会儿会交付。"

　　"欸，等下……"

莉莉二话不说便拔下塞子,娇小的鼻子凑了过去。

闻过香味,打量过色泽之后,无视表情略显狼狈的娜扎小姐,莉莉又迅速地将一滴回复药滴到手背上,轻轻舔了舔。下个瞬间——

"呼呼,这药卖五百法利吗?真是暴利行业呢,我都快羡慕死了。"

莉莉脸上依旧挂着孩子般的纯洁笑容,话中掺杂着些许怒气。

"这些回复药在原有的基础上经过稀释了吧?如此一来效果也就降到一半以下。回复药特有的甜味似乎也是用调味料调制而成的,嗯嗯,手法真是够老套的。"

冲击性的事实被无情揭露。

我与娜扎小姐都无言以对,只能将视线固定在始终带着纯真微笑的莉莉身上。

"这样的回复药顶多值两百法利。您已经被坑过很多次了呢,贝尔大人。当然,这次的报酬也远不止这么一点。"

娜扎小姐瞬间面无血色。

眼睑依旧维持半耷拉的状态,脸上以惊人的阵势不停地冒着汗。尾巴也朝奇怪的方向扭曲着。

刚才的冲击过大使得我依旧没能回过神来。

"那么,你们打算如何解决这件事情呢?"

微微眯起双眸的莉莉,露出小恶魔般的温柔微笑,如此逼问道。

"非常抱歉!"

米赫天神向我们深深地低下了头。

绯红色的夕阳透过窗户斜斜地洒入屋内，米赫天神响亮的声音在耳边回荡。

娜扎小姐则被旁边的米赫天神强行按下头。

"都怪我监督不力，对不住你了贝尔！至今为止骗来的钱会全部退还给你的！"

"啊，不，没关系啦，米赫大人，你不用一直低着头……"

在我惶恐的催促下，米赫天神再次道了声歉，抬起来了沮丧的脸。

米赫天神高挑优雅，群青色的头发作为男性略微偏长，给人一种贵公子的印象。穿着的那件陈旧的灰色长袍，更将他的俊俏容姿衬托得恰到好处。

作为娜扎小姐主神的米赫天神，那张符合超越存在的精致脸庞，此刻却沉痛地阴沉着。

"赫斯缇雅，非常抱歉。居然做出从你们那里榨取金钱的事来……"

"好啦，都已经发生了，再纠结也于事无补呀。不过一定要注意下次不要再出现同样的问题了。毕竟米赫平日也挺关照我们的，这次的事情就算了吧。"

"嗯，我向你们保证……"

方才莉莉毫不客气地对娜扎小姐提出指责后，女神与米赫天神也被请到米赫眷族的总部，现在正在进行类似派阀间的谢罪会。

米赫天神对于娜扎小姐至今为止的所作所为似乎并不知情，反复地向我们谢罪。

被按着后脑的娜扎小姐依旧没被允许抬起头来。

"不过支援者，这次幸好被你发现了，看到你如此细心地照看贝尔，我也放心了，谢谢你。"

"哪里哪里。能够帮到贝尔大人和赫斯缇雅大人,莉莉荣幸至极。"

照看……

瞧着莉莉毕恭毕敬地对满意地点着头的女神行礼,我不由得流出冷汗。怎么感觉她们背着我缔结了什么不为人知的契约?

"娜扎,为什么要这么做?回答我!"

米赫天神的呵责声再次响起。

不再被按着头的娜扎小姐站直身子,不满地将头扭向一边。

半挽起的长发在空气中飘动着。

"眷族的经济状况一直都很拮据……这种不谙世事的兔子最好蒙骗了。"

米赫天神与我同时露出惊愕的神情。怎么兔子就好骗了?

半垂着的眼睑,以及感情淡薄的声音,乍一看与平日的娜扎小姐没什么两样……但腰下伸出的尾巴却胆怯地颤抖着。

"我说,你真是个笨蛋,靠坑骗赚钱能长久吗?娜扎啊,下界最看重的就是信用,尤其是做生意的。你为了贪图这点小钱,差点失去他们对我们的信任。"

这么做简直是愚蠢至极,米赫天神的语气及视线变得更加严厉。

略微低着头的娜扎小姐用力咬了咬牙,以锋利的目光瞪向米赫大人。

原来娜扎小姐也有这样的表情。

"您总是这么说,米赫大人不管对谁都和颜悦色,甚至免费将灵药送给他们,就是因为这样我们才总是连本钱都赚不回。而且您还不自觉地去外面勾搭女孩子,让人家产生误会……我都不记得为您收拾过多少次烂摊子了……"

"你……你胡说些什么呢?什么勾引不勾引的,别说这种容易让人产生误解的话。"

面对娜扎小姐出乎意料的反驳,米赫天神惊愕了。女神与莉莉也相继投来冷冷的眼神。

米赫天神平日总是挂着贵公子般的笑容,令女性不禁为之脸红……不过本人似乎完全没有意识到,现在依旧是满脸的疑惑。

"这次真是对不住贝尔……不过继续这样下去的话,我们不但还不清债款,还会越积越多……"

欸?! 我不由得瞪圆双眼。

向身旁瞅了瞅,赫斯缇雅女神也讶异地弯着眉毛。

债款……

米赫天神尴尬的表情,以及娜扎小姐略带愧疚的脸,都叫我有点不知所措。

"米赫大人他们莫非有什么难言之隐吗?"正当我如此猜想的时候——

"呼哈哈哈哈哈哈哈哈,打扰了啊啊啊啊啊啊——!"

伴随着敲击耳膜的豪迈大笑,店门被狠狠地踢开了。

"我来收这个月的债款了哟,米——赫——!"

从门后出现一位留着略微发白的头发和胡须的、容貌见老的男神。

尽管整体给人苍老的印象,五官却异常端正……不过,他散发的气场,将这些美好彻底破坏殆尽。

令人不快的、充满鄙夷的笑脸以及妄自尊大的眼神。身上穿着镶有金银刺绣的奢华长袍,总觉得他是有意以此嘲笑米赫天神的寒酸打扮……

"迪安……"

"你们这么久都没来,我只好亲自登门造访了。感激我吧,你们这群穷鬼,呼哈哈哈哈哈哈哈!"

我有点清楚这位天神的性格了。

"这家店里还是一股灰尘味啊!待久了可是有害健康呢,抓紧时间办正事吧,最近穷鬼的数量比以往增加了不少呢。"

娜扎小姐露出就像见到杀父仇人般的愤恨眼神,米赫天神也好似咬碎一口银牙的表情。"什么?"被火苗波及的赫斯缇雅女神也发出惊讶的声音。

"是迪安·凯希特大人,对吧?"

"莉莉……"

"他掌管的治疗和制药的眷族,在冒险者当中颇受好评,对于贩卖回复药的米赫大人来说……算是竞争对手吧。"

对于莉莉在耳边轻声灌输的情报,我恍然大悟地点点头。米赫天神与娜扎小姐透露出的满满敌意,以及迪安·凯希特天神言语间充满的挑衅意味,都是因为两个眷族间有很深的过节吧?

"那么,这个月的债款准备好了吗,米赫?"

"那个……"

"哼哼,没准备好吧,我看也是没准备,哈哈哈哈哈哈哈!你这万年欠债鬼!"

"嘎吱嘎吱嘎吱!"米赫天神与娜扎小姐愤慨地用力咬着牙齿。

"宅心仁厚的我已经通融你们很多次了,但你们这种没信用的行为我再也忍不下去了。明天之前要是再交不出本月的债款,我就要将你们驱逐出去,卖掉这栋破房子抵债,你们自己看着办吧!"

迪安·凯希特天神飞溅着口水豪爽地大笑起来。

"啊哈哈哈哈哈哈哈哈哈！走吧，阿密德！"

"是。"

始终站在门外，跟在迪安·凯希特天神背后的女性团员走了过来。

个子不高，有着如人偶般容貌的她向我们行过礼后，跟上走在前面哈哈大笑、昂首阔步的主神走了。

宛如暴风雨过后的平静气氛层层笼罩着我们。

"在天界的时候，我跟那个迪安·凯希特关系就不是很好……"

米赫天神缓缓地述说起自己的故事。

事已至此，也不能装作什么事都没发生撒腿走人。于是我们担任起了米赫眷族悲惨遭遇的聆听者。

"来到下界创建眷族之后，我们也时常发生冲突。再加上派阀的性质有些相似，不止一次针锋相对……"

"后来这样的局面被我破坏了。"

娜扎小姐此时插入了米赫天神含糊不清的讲述，继续发言。

"我曾经也是一个冒险者。"

"欸……"

"我以前也像现在的贝尔一样，专门潜入地下城赚钱……但是有一天，我失手了。我被怪物打得遍体鳞伤，右臂也被吃掉。"

我还没来得及发问。

娜扎小姐就将现在穿着的左右非对称的上衣，怪异地比左边多出一截的右袖卷了起来。

下一瞬间，我吃惊得说不出话来，倒吸了口凉气。

"银制的假肢……"

"这是米赫大人为失去右臂的我准备的……甚至不惜向那

个迪安·凯希特眷族多次低头。"

莉莉发出惊愕的声音。

如她所言,娜扎小姐的右臂是用银块制成的。

它散发出的柔滑金属光泽很容易令人误以为是把打磨锋利的剑。形状与人的手臂无限接近的同时,关节部分埋入的宝石能让人清楚地看清内部构造。

娜扎小姐取下右手戴着的皮手套,连指尖部位都是由银块制成的。

"迪安·凯希特眷族是治疗和制药的眷族。除了出售回复药以外,还会根据冒险者的需要提供专门的治疗术及道具。"银之腕"也是他们的商品。"

娜扎小姐伸出左手用力地捏住右臂,直至它发出咯吱咯吱的金属摩擦声。

"米赫大人为了我买下这件假肢,害得自己负债累累。当时还留在本部的其他团员因无法承受巨额债款,纷纷抛弃米赫大人……相继离开。"

也就是说……米赫眷族曾经有着等同于中坚规模的力量。作为专门制药的眷族,丝毫不逊色于迪安·凯希特眷族。

但自从娜扎小姐发生意外后,整个眷族就一落千丈。

最后留在米赫大人身边的,只有一个无用的冒险者,以及高得惊人的债款。

娜扎小姐淡淡地说道:"现在的我已经没有能力与怪物战斗。虽然后来从前辈那里学习了制药知识和技术,转职成为药师……即便如此,也无法赚到足够偿还债款的钱。现在的我就是一个没用的废人。"

"娜扎。"

"都是因为我才会向他们低头借钱……都是因为我……"

"娜扎,够了,别说了。"

听到米赫天神平静的声音,无法摆脱自责的娜扎小姐闭上了嘴。

压抑的气氛在屋内蔓延开来。

娜扎小姐原本是冒险者,而且右手还是假肢……太过冲击性的事实,使我一时间不知该如何回应。赫斯缇雅女神似乎也不知道米赫天神负债的事,她抱着手臂,默默地闭上双眼。莉莉则以冷静的视线凝视着娜扎小姐他们。

所以,娜扎小姐才会想方设法骗取金钱……但若换作是我,说不定也会做出同样的选择。

主神没有抛弃自己,还总是伸出援助之手,自己却恩将仇报给他添了那么多的麻烦。

只是如此,就已经足够痛苦了。

痛苦到想号啕大哭。

"那么,该怎么办?米赫他们的情况我们都清楚了,当务之急是解决眼下的问题,迪安不是都说要卖掉这间房子吗?"

女神打破了沉寂,向他们询问怎么处理明天还债的事。

米赫天神露出了复杂的神情,只是默默地看着娜扎小姐。

娜扎小姐思考片刻之后,低下头。

"方法……也不是没有……"

她以小到快听不见的声音嘀咕着。

"但仅凭我一个人……只有米赫大人和我的话,是无法做到……"

夕阳的光芒通过玻璃窗反射开来,洒下点点耀眼的光斑。

原本离得很远的主街道上的喧闹声,即便传来也如同耳语般轻微。

娜扎小姐无力地垂着头,无颜面对我们几人的样子。"帮帮我们吧!"对于刚刚欺骗过我们的她来说,这句话太难说出口。

沉默再次袭来,我焦急地来回看着其他人的表情,最后向女神递去哀求的眼神。

以充满神秘感的蓝色眼眸回望的赫斯缇雅女神,与我对视了片刻,用眼神温柔地反问我想怎么做。

也就是说,女神打算让我自己决定。

流露出仿佛注视自己孩子般的和蔼眼神的女神是如此的温柔,我胸口油然升起一阵感动,在心中用力点点头。

在脑海中组织好语言,为了消除这股阴郁的气氛,我刻意提高了音调。

"那……那个,莉……莉莉。关于刚才说的那事啊,你不想再多接点委托吗?只接一个试手不太够呢,再……再说也可以成为以后的经验。"

演着蹩脚的戏码,我故意把话题丢给莉莉。

睁大眼睛的莉莉似乎领会到了我的意思,像是在说"受不了你"般苦笑一声,也开始以拙劣的演技配合我。

"就是啊,不知道有谁能给我们这两个大闲人一点任务来练练手呢?"

看着闭上双眼点头赞同的莉莉,米赫天神和娜扎小姐相继露出惊讶的神色。

赫斯缇雅女神也微笑着向米赫天神提出请求。

"所以啊,米赫,有没有什么工作呢?就当是帮这些血气方刚的孩子积累经验嘛。不用客气,不管是棘手任务还是帮忙还债,我们都可以出力的。"

"赫斯缇雅,你……真是太对不住了。那我就领情了。"

在道谢的米赫天神旁边,娜扎小姐无地自容地看着我。

"贝尔,你不介意吗?我可是……"

"毕竟我跟莉莉都被你们救过一命嘛。"

被数只杀手蚁包围的那天。

不管出于何种初衷,最后还是多亏了她额外赠送给我的那瓶精力回复药,才让我们得以从困境中脱身。

即便没有这些,我也无法抛弃那些一直以来相互扶持的人。

见我垂下眉头露出微笑,娜扎小姐瞪圆双眼,难为情地低下头。

"对不起……谢谢。"

小声地嘀咕完最后一句话,她向我深深地弯下了腰。

"冒险者委托"合约书

·委托人:米赫眷族
·报酬:新药的完成品
·内容:收集怪物的卵
·备注:一起加油吧,拜托了!

"明日一早前往都市。"

昨日被如此告知的我提早结束了与艾丝小姐的晨间训练,来到米赫天神的本部帮他做了一些准备工作。向商人借来马车装好货物之后,女神和莉莉也相继赶来。

"贝尔,那么早真是辛苦你了。为了帮助米赫大人,你今天一定起得非常早吧?"

"哈,哈哈哈……"

我还没有将与艾丝小姐特训的事告诉女神以及莉莉。应该说，要是被发现后果不堪设想。

我在心里反复谢罪，为了不让她们起疑，故意转移话题，转向娜扎小姐搭话。

"那个，娜扎小姐。那我们就按照昨天的计划行事……"

"嗯，对方要求必须在今天之内还款，剩下的时间不多。我们必须赶紧开发出一款能够逆转局面的新商品，然后直接卖到迪安·凯希特眷族店里……"

穿着便于行动的旅行装的娜扎小姐以缺乏抑扬顿挫的声音说道。

繁琐的准备工作结束，我们的马车穿过迷宫都市的东门，在花草茂盛的大草原上快速前进。

"其实我昨天就想问了，制作新商品什么的……能成功吗？虽然听起来好像很轻松……"

"没问题，我心里有数！"

对于莉莉的疑问，娜扎小姐露出满满的自信。她半下垂的眼睑看似昏昏欲睡，尾巴缓慢地左右摇摆着。

"我一直没得及问，这辆马车到底是去哪里的？"

"塞奥罗的密林。虽然距离不算很远，但还是要花点时间。咱们这样聚集在一起也挺难得，不如趁机增进一下感情吧。"

这次换作米赫天神解答了赫斯缇雅女神的疑问，后面的话则是对着莉莉说的。

木制马车比想象中还要拥挤。当因车轮受到冲击而左右摇摆的时候，都会轻轻碰到旁边人的肩膀。坐在离车夫最近位置的是米赫天神，接下来是我、赫斯缇雅女神、莉莉、娜扎小姐，我们以这样的顺序围成一个圈。

清晨的阳光从既没有顶盖也没有车棚的头顶倾泻而下，我们遵从米赫天神的提议,开心地畅聊起来。

"娜扎大人,刚才您说从冒险者转职为药师,这么说你有'调和'的能力吗?"

"嗯,是啊……通过协助制药,我积累了很多经验值,后来幸运地掌握了这项技能……"

"那个……'调和'是……"

"'调和'是一项能在制作回复药的时候,使作品质量变得更高的发展能力哟,贝尔大人。"

升级之际,根据经验值的倾向有可能显现的发展能力中,似乎就有调和这项技能。它是只对制药有用的能力,据说瞬间能使伤口愈合的、如同魔法般的恢复效果就是得益于此种能力。

调和与锻造能力有着共通之处,只要持有这些专业属性的发展能力,便能强化药品和武器。

即便是以同样的方法或者同样的道具做出来的东西,根据发展能力的情况,结果也有天壤之别。

"欸,既然拥有发展能力,也就是说……"

"嗯,我是 Lv.2 哟……"

我惊愕地瞪圆双眼。

原、原来娜扎小姐有着上级冒险者的实力啊……

"我虽然抵达了中层,却在那里被怪物打得很惨……四肢都被咬得体无完肤。"

"欸——"

"左臂和双腿得以勉强复原,但被吃的连骨头都不剩的右手就没办法了……大概是从那个时候开始,我再也不能与怪物战斗了。不管是面临怎样的怪物,我都会吓得浑身瑟瑟发抖。"

听着娜扎小姐讲述当时的惨状,我的后背不禁升起一丝凉意。

全身散发着令人窒息的恶臭,仰躺在地上,被怪物围着撕扯手脚的感觉……

鲜明地烙印在脑海中的恐怖记忆至今还深深地折磨着自己,如今已经对怪物产生了无法挽回的心理阴影。娜扎小姐如此述说着。

"对不起,我没想要吓你的。"

"啊,没……没事的。"

"无论如何,探索迷宫的时候都要万分小心……虽然我为升级花了六年时间……但不管变得多强,失去也只是一瞬间的事。"

娜扎小姐的教诲铭刻在了我的心上。

"不过你那个假肢做得还挺不错的,运动起来方便吗?"

"嗯,可以行动自如……"

"虽然我们背负了巨额债款,但作为回报,也从迪安那儿获得了最好的商品。虽然心有不甘,但那家伙的眷族的力量还是值得信任的。"

女神她们若无其事地转换话题,消除了原本有些沉重的气氛。在称不上舒适的马车中摇晃着,我们的话也渐渐少了起来。

欧拉丽的东部是一望无际的平原,翠绿的草原无尽地延伸。作为世界上唯一且最大的魔石制品输出都市的欧拉丽,与其他地区的商业来往也日渐繁荣,连接着都市的道路都得到修整。载着我们的马车行驶的这条道路也是用白色石材平坦铺设而成的。

"米赫大人完全察觉不到我对他的感情……虽然同样察觉不到其他女性的热烈眼神这一点是挺不错……可他实在是迟钝过头,我都有些怀疑他是不是神了。"

"啊——我懂我懂。我家贝尔也不懂得察言观色,我也经常为此伤透脑筋呢。"

"呼呼,因为贝尔大人畏惧女神大人,所以敬而远之了吧。说不定人家从来没有把您当成异性看待呢。还是看清现实比较好哟!虽然莉莉在贝尔大人眼里也有可能只是妹妹。"

"呃……"

面对不知从何时起,周围气氛变得凝固的女性团体,我与米赫天神只能战战兢兢地保持沉默。望着她们轻声说起悄悄话的样子,我与米赫天神对视一眼,毫无缘由地缩起了身子。

在贯穿辽阔草原的人工路上与前往欧拉丽的马车数次交错过后,太阳升至正空,我们才到达了目的地。

"这……这里就是……"

"嘿,真不愧是密林呢!"

面对初次目睹的景色,我与米赫天神齐刷刷地露出惊讶的神色。

"塞奥罗之密林"。

自欧拉丽向东直行可以通到阿鲁布山脉,"塞奥罗之密林"就是在其山脚下蔓延开的大片森林。

构成森林的每一棵树木都很高,树干也比较的粗。林中还分布着茂盛的野花、青苔之类的植物,脑海中不由得浮现出"绿色王国"之类的词语。

从马车上跳下,我们迅速做起准备,各自背上自己的行李。

叮嘱雇佣的车夫在离森林不远的地方等着,我们便踏入森林。

"是去取怪物的卵吧?"

"嗯,与掉落道具不同,这次目标是怪物的卵……"

来到这座森林的目的,就是为了获取某种怪物产的卵。娜扎小姐似乎想用该种卵作为材料调制新药。

在遥远的古代闯入地上的怪物们通过各种生殖行动繁衍后代,至今它们的后代依旧在世上繁衍生息。如此想来,怪物会产卵也不奇怪……但对于频繁探索迷宫，习以为常地认为怪物诞生于地下城的我来说，实在太过违和。

尽管我极力将注意力集中到搜索怪物上，但还是不由自主地歪着头。

"贝尔，等等。"

以我为首的队伍向森林深处进发的时候，突然被娜扎小姐叫住。

她眯着眼睛，怔怔地盯着前方的一处洼地。

接着，娜扎小姐迅速向众人下达指令。她叮嘱赫斯缇雅女神与米赫天神在原地等待，命令莉莉担任两位神明的护卫，随后招手让我跟在她身后。

"贝尔，这个给你。"

弯着身子靠近洼地的途中，娜扎小姐将携带的装备品递给我。

一把古老的大剑，以及不知装了什么的背包。

"这……这个要拿来干什么呢？"

"不装备这种大型武器的话，对付它们会有点吃力……背上这个背包。"

充满危机感的台词刺激到了我的汗腺。娜扎小姐则在一处树荫下停住脚步。

距离洼地只有几步之遥。娜扎小姐不停地嗅着什么，头顶的狗耳也跟着竖了起来。

周围的气氛愈加紧张，我内心的紧张感也愈加强烈，突然——娜扎小姐毫无前兆地行动起来。

她迅速伸向我的后背，打开了严格密闭的背包口。

"唔……"

强烈刺激鼻腔深处的臭味瞬间弥漫开来。

我对似曾闻到过的臭味发出一阵呻吟。娜扎小姐则颇有气势地扬扬手。

"那么,加油,贝尔。我先撤了。"

欸?还没等我反应过来,娜扎小姐眨眼间便不见人影。

真不愧是 Lv.2,娜扎小姐以惊人的速度,在不发出任何声响的情况下穿过树丛间,将我扔在原地。

正当我两眼迷离发着呆的时候……无意间"啪嗒"一声。

"欸?"

落在头上的是——黏稠的液体。

肌肤感受着令人作呕的透明液体,我缓缓扭过头的同时,看向上方。

"唔唔唔……"

与我四目相对的是流着超大滴唾液的——恐龙!

形势急转直下,脸上瞬间失去血色变得铁青的我,终于意识到背包中发出恶臭的东西是什么。

那是能够引诱饥肠辘辘的怪物的血肉(陷阱道具)。

"哦哦哦哦哦哦哦哦哦哦哦哦哦哦哦哦哦哦哦哦哦!"

"呜啊啊啊啊啊啊啊啊啊啊啊啊啊啊啊啊啊啊啊啊啊啊啊啊啊啊啊啊!"

咆哮声与尖叫声重叠。

背对着急速逼近的庞大下颚,我开始全力逃跑。

"这……这不是巨型级怪物吗啊啊啊啊啊啊啊啊啊啊啊啊啊啊啊啊啊啊啊啊!"

"喂,贝……贝尔!"

"血……血恐龙!"

继赫斯缇雅的叫喊后,莉莉也发出了惊愕的声音。

高达5米度的红色食肉恐龙(怪物)。

它发出几欲震破耳膜的咆哮声,追赶着眼泪与尖叫声交杂的兔子(猎物)。

"等……等等,那个怪物不是从第30层才开始出现的凶猛……"

"别担心,地上的怪物与地下城的怪物相比,能力会低很多。"

与充满不安的莉莉相反,返回安全地带的娜扎语气极为冷静。

"趁现在立刻潜入洼地。怪物已被贝尔引开,现在是绝佳时机。"

娜扎带领赫斯缇雅她们开始朝洼地移动。

没有树木覆盖的这片空地上,堆积着由数十个卵形成的小山。毫无疑问,这里正是怪物的巢穴。

"就没有更好的方法了吗?"

"没有,我们几个都去对付血恐龙的话,就没人保护米赫大人与赫斯缇雅大人了。"

"对不住了,贝尔……"

"好好好,可恶,在怪物动嘴之前赶紧动手啊,贝尔都要被吃掉了啦。"

赫斯缇雅等人一边交谈,一边胡乱地收集着卵。

每个人都尽可能地将更多的卵塞进背包。

"娜扎大人,您刚才说的是真的吗?"

"没错,自古以来靠自己繁衍的地上的怪物们,胸中的魔石几乎都不见了。"

娜扎忙碌的同时,还不忘了回应莉莉的疑问。

离开母胎(地下城)的怪物们遵从本能,为了种族而自行留下子孙。

但向群体特化的同时,也意味着个体能力的衰退。个体能力原本就处于弱势的怪物们，通过把作为核心的魔石分给后代来弥补其不足。

经历漫长的岁月，寄宿在怪物们体内的魔石不断减小，其力量与当初来到地上的祖先们相比，明显退化了很多。

"说到地上的血恐龙，能力仅比迷宫内的半兽人稍强一点吧……"

娜扎一边说着，一边看向贝尔的方向。

三只血恐龙忘我地追逐着猎物，数量增加了。贝尔惨叫声的分贝也随着怪物数量的增加直线上升。

娜扎站了起来，取出背上备着的武器。

那是一把与她自己身高相仿的长弓。她以装在肩膀上的银臂握住弓背，左手拉动弓弦。

间隔这么远的话，就不必担心因心理阴影导致身体发抖。娜扎穿在旅行装外侧，左右非对称的轻铠甲在透过树叶缝隙洒下的日光中闪闪发亮。与此同时，反光中杀出一道寒星奔向了视线前方。

左手松开的瞬间，利箭以惊人的速度飞出，射穿了血恐龙的眼睛。

"嗷——"

巨大的咆哮声响彻四周。

失去平衡的怪物倒向并排奔跑的另一只血恐龙，二者纷纷倒地。

足以撼动密林的地鸣声响起，贝尔扭过头去，惊讶地睁大双眼，继而以迅猛之势拔出剑。望着急速逼近的怪物，信任娜扎援护的贝尔开始发起突击。

"这种战斗方式真令人兴奋啊！"

"啊啊啊啊啊啊啊啊啊啊啊啊啊啊啊啊啊啊啊啊啊啊啊啊

啊！"

满脸微笑的娜扎不断放出箭矢，贝尔随即挥起大剑，随着一声大叫，砍向怪物。

就在箭矢分毫无差地命中了怪物的眼球，趁它陷入慌乱之时，大剑的强袭也随之发动。

脖子被斩裂了一半，喷出大量鲜血的血恐龙当场瘫软在地。

还不习惯操控大剑的贝尔也跟着摔倒在地。娜扎忍不住笑出了声。

"娜扎，我们收集好啦。"

"好的……"

听到米赫天神的声音，娜扎笑容满面地扭过了头。

莉莉与赫斯缇雅的背包都塞得满满的了，娜扎再次将目光转向贝尔。

重新站起的少年以大剑拄地支撑着身体。可以了吗？贝尔有些难为情地投来视线询问。娜扎点了点头。

"回去吧，贝尔。"

星星零散地布满整个夜空。

在门扉开敞的大豪宅前，装有深蓝色液体的试管被递了过来。

"这是我们眷族的新商品，绝对可以保证效果。"

"哦哦……"

迪安·凯希特满不在乎地接过米赫小心递过去的试管。

亲眼仔细查验过后，丢给了助理阿密德进行鉴定。

吞着口水等待结果的迪安，见到试饮的成员点头的瞬间，无力地低下头。

"用于恢复体力与精力的双属性回复药……这是至今为止所没有的新药。你们眷族出售的话，应该能获得相当高的利润吧？而且也符合你们派阀那个能时刻回应冒险者需求的宣传。"

"咕……咕呜呜呜……"

"这里共有20瓶，远超过本月需要支付的债款了吧，买走吧。"

"可……可恶啊啊啊啊啊啊啊啊啊啊啊啊啊啊啊啊啊啊！"

直击夜空的野蛮嚎叫声。

被高耸的围墙包围的豪宅外，听到叫喊声的贝尔他们知道商谈已经成功了。

"好像进展得很顺利呢……"

"那个糟老头也不会蠢到错过大赚一笔的机会。虽然他很想为难我们……不过这次总算尝到我们的厉害了吧。"

对于莉莉的嘀咕，娜扎笑着附和道。

在包围迪安·凯希特眷族豪宅的巨大围墙前，贝尔几人正在等待独闯虎穴的米赫归来。

"不过累得够呛呢。整天都忙个不停啊。"

"啊哈哈……"

回收了卵后，从塞奥罗的密林归来的贝尔等人，即刻陷入能否及时开发出双属性回复药的危机。娜扎与米赫分秒必争地进行制药作业的同时，贝尔等人也手忙脚乱地充当助手或者打杂。

赫斯缇雅不断地嘟囔着"已经不行了"，贝尔则只能回以苦笑宽慰女神。

"居然真的在最后关头做出新药了。"

"那是因为欧拉丽的人只知道探索迷宫，从来不去了解都市之外的可能性……明明只要将注意力转到这边就会有很大的发

现。怪物的卵加上'蓝凤蝶之翅',再把从迷宫以及外界得手的道具完美结合,才能制作出这款新药。"娜扎如此说道。

"啊,米赫。结束了吗?"

"嗯,已经谈好了。"

没过多久,米赫从门后走出,来到贝尔他们身边。他面带微笑地告知众人不用担心会被逐出总部,继而用目光扫视着赫斯缇雅等人。

"请允许我再次道谢。这次多亏了你们,非常感谢!"

"起码还清了部分债款,还算不错啦。"

"没有白忙活呢。"

赫斯缇雅与莉莉回以微笑,贝尔也跟着露出笑脸。

米赫眯着双眼看向他们,最后将视线移向娜扎。

"娜扎。"

"是……"

"昨天你不是说自己是没用的废人吗?"

"呃……是的。"

"我从不这么认为。"

以认真的眼神凝视着露出诧异神色的娜扎,米赫继续说道:"身为主神的我已经被你救过很多次了。即便落到比现在更穷困的境地,我也因你而充实着。所以,绝对不要再自责了。"

"这是……命令吗?"

"不,是恳求。比任何人都疼爱你的主神(我),发自内心的恳求。"

米赫站到娜扎面前,手轻轻地抚在她的头上。

对着以温柔的眼神微笑着凝视自己的主神,娜扎双颊通红地点点头,还小声地嘀咕一句"真是迟钝……",任由他抚摸着自己的头发。

面带坏笑的赫斯缇雅也开始捉弄起持续做出容易让人产生误会的动作的米赫,莉莉感觉有趣,也跟了过去。正当贝尔饶有兴致地观望着他们嬉戏打闹的场面时,娜扎独自从人群中走了出来。

"贝尔,今天真是谢谢你了。真的……真的非常感谢!"

"娜扎小姐……"

再次诚恳道谢的她抬起头,从怀里取出一支试管递给贝尔。

"那个,这不是……"

"是双属性回复药……虽然只多做出了一支……就当是任务的报酬以及谢礼。"

对于难掩惊愕的贝尔,娜扎依旧半垂着眼,嘴角柔和地上扬。

"要是有什么困难,欢迎随时找我们商量,至今给你们添了太多麻烦,只要贝尔需要,我随时都愿意伸出援手……"

看着淡淡微笑的娜扎,贝尔忍不住笑出了声。

他郑重地接过了娜扎手上的报酬。

贝尔漫长的冒险者委托,总算画上了句号。

致女神的铃铛挡发饰

© Suzuhito Yasuda

"我做到了,上神大人!我打倒了哥布林!"

"哈?"

赫斯缇雅正沉浸在书本的某个下午。

"砰"的一声,屋门突然颇有气势地被撞开了,白发的人类少年一边走进来,一边自豪地说道。

赫斯缇雅眷族总部——教堂的地下室。

由正方形与长方形空间组成的室内结构呈现 P 字形,大概是考虑到住民的身高,简单配置的家具都十分矮小。往周围扫视一圈,可以看到部分石墙的涂装已经剥落,目光所及之处净是破旧不堪的景象。

点亮天花板上唯一的一盏魔石灯,赫斯缇雅对着突然打开门闯入地下室的唯一眷族成员——贝尔·克朗尼露出愕然的神情。

大概是心情非常激动,视线另一头的少年略微泛红的脸颊十分耀眼。

"哥布林……是指那个哥布林吗?被称为地下城最弱的那种怪物?"

"是的!您不知道,我小时候差点被那种怪物杀掉,一直有心理阴影……不过,今天我终于把它打倒了!"

"那个……只打败了一只吗?"

"欸?"

"只打倒一只哥布林,就从地下城回来了吗?"

特意潜入地下城,只因打倒了最弱的怪物便欣喜地跑回来了?面对赫斯缇雅此般询问,贝尔露出呆愣的表情,在原地僵硬了数秒。

意识到自己的战果根本不值得如此昂首挺胸、大肆宣扬,原本无比闪耀的脸庞瞬间被羞耻代替,深深垂下头的同时,转身背

对赫斯缇雅。

"对不起,我再潜入地下城试试……"

"哇、哇、哇!对不起啦,贝尔,我没有责备你的意思啦……等、等等啊!"

将赫斯缇雅的呼喊抛之脑后,脸红到脖子根的贝尔撒腿穿过总部门扉向外面跑去。

赫斯缇雅眷族成立后的第三天。

赫斯缇雅在街上与贝尔邂逅,并将其收纳到自己的派阀下,也仅仅只过去了三天。

与赫斯缇雅签订契约的贝尔在公会完成相关手续,就正式地成了冒险者的一员。理所当然地要为眷族打拼的他,怀抱着那股炽热的欲望,在远离故乡的陌生土地上积极展开行动。

守望着逐渐步入正轨的贝尔,赫斯缇雅屡屡能发现他新的一面,同时自己也在想方设法慢慢加深彼此的了解。由于其天生爽朗的性格、女神的包容力以及惹人怜爱又不失亲和力的稚嫩容姿,性格胆怯的少年终于被温柔的攻势攻陷。虽说才刚认识不久,但基本已经彻底消去了隔阂。

在无数个派阀中处于最底层,名声弱小的眷族,通过击败低等级怪物以维持生计的同时,还要想尽办法稳固组织结构,最终突破了乏味的起始线。

"刚开始我还真有点担心呢。要是你就那样一去不回,我会连梦都做不好的。"

"对……对不起,让您担心了……"

"哈哈,没什么啦,我不该说那些话的。该道歉的是我。对不起啊,贝尔。"

赫斯缇雅与贝尔坐在屋内的桌子旁边交谈着。

再次潜入地下城的贝尔平安无事地归来,眼下太阳已经落山,夜空中闪耀的月光无法眷顾的地下室总部,两人正享用着有些迟来的晚餐。

从地下城结束初战归来的贝尔的今日收入——三百法利瞬间就被花光,餐桌上摆放着硬面包以及稍微用了点功夫做出来的鸡蛋料理。

虽然量有点少,刚使用魔石制品的发火装置炒熟的鸡蛋蛋黄依然散发着温热的水汽。

"地下城初战有何感想?总之一切还顺利吧?"

"那个,我一直很紧张,没能专心探索……不过遇到怪物之后,我也能像样地战斗了。像哥布林和狗头人之类的,只要打倒过一次之后就能轻松应对了。"

为了庆祝贝尔的初次迷宫探索,特意准备了一点简单的食物。

虽然很遗憾没能准备庆祝用的酒。吃着切碎的硬面包,品尝着热腾腾的炒鸡蛋,赫斯缇雅与贝尔依旧聊得开心。

"不过我现在放心了,看来贝尔是个中规中矩的冒险者。我还担心你会在地下城追着漂亮女孩子四处乱跑呢。"

"我……我怎么可能这么做?"

对于包含着些许捉弄意味的赫斯缇雅的话语,贝尔激动地表示否定。

听到满脸通红的少年极力辩解,赫斯缇雅继续反问:"真的吗?你不是一心寻求与女孩子的邂逅吗?要是遇见可爱的冒险者少女,你肯定会丢下怪物跑去勾搭人家吧?"

"勾……勾搭?才……才不是,我才没有抱着下流的心态去跟女人鬼混……我只是想要来一场邂逅而已,就像英雄谭里的那样。"

"你不是还说要创建后宫之类的吗?"

"后……后宫是男人的浪漫。那是男人从出生起就注定要追逐的,就连古时候的英雄也……"

脸颊依旧通红,贝尔紧闭深红的双眼,热情地诉说着。

赫斯缇雅轻轻地耸了耸肩,温柔地凝视着那张稚嫩的脸。淡淡地陷入沉思。

贝尔·克朗尼是个越深入接触就越觉得不可思议的少年。

明明十分晚熟,却很喜欢女孩子。一心寻求与异性的邂逅。所说的话与所做的事,却又感觉非常不搭调。不管是从好的或是不好的层面来看,单纯善良的本质下,总有一股不正当的思想信条暗自涌动,甚至连言行举止都受其影响。

贝尔不安定的生活方式的源头,想必与他的那位"祖父"有着莫大的关系吧,赫斯缇雅是这么认为的。

贝尔时常提起的,那个微笑着朝自己挥手的、养育自己的亲人,对现在这个少年的人格形成,有着不容忽视的影响力。

真不明白至今为止对他实施了怎样的英才教育,赫斯缇雅对于未曾谋面的贝尔的祖父感到叹息的同时也有些感慨。如果不是遇错了抚养自己的人,贝尔的性格也许不会像现在这样扭曲吧?贝尔养成这样性格的根源,他的行动原理,毫无疑问,一切都出自他祖父的教导。

少年对于异性的好奇,始终源于他对"命运的邂逅"的憧憬。

这是他祖父遗留下来的,或者说被他祖父植入的一种美好幻想。

因为故事而双眼闪烁光芒、做着美梦的少年。

这就是名为贝尔·克朗尼的少年的真实面貌。

如果他生来就是女孩,会不会更好呢?赫斯缇雅不由得冒出这种毫无根据的想法。

"那个时候,祖父也说了,男人只有与女孩子邂逅才能达成夙愿,所以我……"

神情恍惚地眺望着仍在进行激烈演说的贝尔的模样,赫斯缇雅再次加深了对自己眷属的了解。

❀

贝尔为了眷族生计而投身于地下城探索的同时,赫斯缇雅也在忙着打工。

赫斯缇雅来到下界时日尚浅,与刚踏入欧拉丽都市的贝尔一样,什么都要依靠自己慢慢摸索。虽然时常会为下界的各种不便烦恼。但在众神习惯自甘堕落的天界无法体会到的各种刺激——其他神明口中的"下界的乐趣",她切实地感受到了。

"来,赫斯缇雅妹妹。这是今天的工资。"

"谢谢你啊,阿姨。"

满怀感激地接过兽人女性递过来的日薪。

赫斯缇雅工作的小摊位于北街道。主要卖土豆捣碎后加入调味料、裹上面粉炸制而成的一口吃"炸薯球"。

也许是用少量灵药调味的缘故,生意十分火爆。

(一、二、三……一百八十法利吗?)

今天工作了六个小时,按照每小时三百法利来结算工资。其实不用算也知道,清点着手中金币数量的赫斯缇雅还是叹了口气。

由于之前搞错点火装置的使用方法,使得整个小摊发生了大爆炸——至于伤者,也只有赫斯缇雅一人被炸成了煤球——作为赔偿,大部分的报酬都被老板扣下。这点微薄的收入怕是难以减轻贝尔的负担吧。

名为下界的世界，对于刚从天界降临的女神来说太难生存了。

"喂，阿姨，要不要考虑加入我的眷族呢？现在有冒险者孩子加入了哟，正处于蒸蒸日上的阶段呢。"

"啊哈哈，即便你这么说我也不会答应的。真是的，赫斯缇雅妹妹有够难缠的啊！"

"别这样嘛——求你啦——"

已变成家常便饭的眷族劝诱也被对方笑着敷衍过去，赫斯缇雅被迫踏上了归途。

刚成立的派阀缺乏名气，另外主神缺乏威严的身高外形也是问题。

回去的时候被店主摸着头硬塞了一个炸薯球的赫斯缇雅——对着完全失去主神威严的自己——再次叹了口气。

"今天拖得有点晚呢……"

将炸薯球放入口中，鼓起脸颊咀嚼着的赫斯缇雅在被夕阳染红的街道中前进着。

平日她都会在太阳落山前准时回到总部，今天的工作拖了太长时间。说不定贝尔会先回总部呢——赫斯缇雅一边迈着步子，一边想着。

赫斯缇雅眷族的总部——教堂地下室位于西北街道与西街道之间的区域，所以要从工作地点所在的北街道径直往西走。

穿过由坚固砖块堆砌成的房屋形成的住宅区，以某个地点为分界线，可以称之为小巷的肮脏小路以及粗糙的建筑逐渐增多。依次从古老陈旧的道具商店、狭长的旅馆、小巧的偏僻酒馆前穿过后，视野顿时豁然开朗，到了西北街道。

这条公会本部所在的街道被称为"冒险者街道"，街如其名，有很多冒险者在附近徘徊。道路两旁排列着与在小巷内看到的店铺截然不同的豪华商店。

"欸？"

正当夕阳逐渐沉入围绕都市的城墙后方,正穿过主街道的赫斯缇雅偶然目睹到了……

在某家商店前,白发少年孤身一人伫立着。

(贝尔……)

自己眷族的少年背对着在主街道上来回移动的冒险者人潮,似乎正在窥视着什么。一动不动地紧贴着商店橱窗的贝尔让赫斯缇雅不自觉地停下脚步。

过了半晌,贝尔依依不舍地离开店门口。花了好长一段时间才狠下心将视线挪开,离开原地。

目送着贝尔消失在人群中,赫斯缇雅蹭蹭地跑到那家商店前。

"原来是这样啊。"

赫斯缇雅也瞧向了贝尔恋恋不舍地眺望着的橱窗,顿时恍然大悟。

橱窗深处陈列着许多武器。经过精心打磨的数把金属剑正散发着耀眼而美丽的光芒。

是偶然被吸引了目光,还是明知买不起却仍旧垂涎欲滴地来到店门口观望呢?

无论是哪种,贝尔一定做梦都想得到橱窗内的武器吧。

"唔嗯……好吧,既然如此……"

赫斯缇雅抱着手臂思考片刻,决定为可爱的孩子做点主神该做的事,她夸张地点点头。由于不久前发生的事,迫使她想要展现身为女神的威严,她决心要慷慨地送贝尔一件礼物。

花光至今为止所有积蓄的话应该买得起吧。赫斯缇雅闭上双眼得意地笑了,冲着店门方向走去。

回想贝尔倾注视线的大致方位,他可能看中了那把短刀。橱窗深处收放在宝石箱内的纯白的刀身,连赫斯缇雅都觉得十分

精致。

接着，短刀的价格牌映入眼帘。赫斯缇雅保持着单手摸着店门的姿势，难以置信地眯起眼睛。

"八百万法利。"

赫斯缇雅将推开一半的店门慢慢关上。

（原谅我吧，贝尔。）

不可能买得起的，脑后渗出冷汗的赫斯缇雅小心翼翼地从门前离开。

价格实在太高了。赫斯缇雅的全部家当，比之高额的短刀，如同无力的哥布林遇见强大的巨龙一般渺小。

"话说这里是……"

抬头向上观望涂装成鲜红色的店面，赫斯缇雅猛然想起这家店是神友开的。

锻造实力首屈一指的赫菲斯托丝眷族，也是刚降临下界的赫斯缇雅在此之前受到关照的眷族

仰视着标有世界闻名的名牌商标 Hφαιτoς 的店牌。怎么可能买得起！赫斯缇雅怀着这样的想法灰溜溜地逃走了。要有自知之明啊，贝尔——最后只能可怜巴巴地在心底如此嘀咕。

错过展现神明威严的机会，赫斯缇雅不知第几次将叹息留在绯红色的石板上，再次踏上回家的道路。

（发绳似乎快断了呢。）

在西北街道上徐徐前进的途中，赫斯缇雅凝视着商店橱窗内隐约映现出的自己的脸。

将散发光泽的漆黑长发绑成两股马尾的朴素发绳已经破破烂烂，连旁人都能看出它的寿命不长。

赫斯缇雅伸出手轻轻碰了碰勉强紧束着的发绳，看向映着自己身影的橱窗内侧展示着的观赏人偶。

装饰着长裙的小玩偶们,装备着首饰之类的拥有保护之力的冒险者装备。将店里的商品佩戴在身上以吸引顾客视线的人偶当中,有一个戴着可爱的发绳。

对着那个人偶头上的蓝色发绳凝视数秒,恍然回过神的赫斯缇雅连连叮嘱自己不要多想,将脸扭向一旁。身为主神的自己怎么可以乱花钱?她在心中警告自己。

但视线总是不自觉地瞟向那个方向,余光不舍地窥视了半响,赫斯缇雅终于狠下心来,逼迫自己断绝所有念想,不再去看。

像是忍耐着什么,用手按住头上的发绳,拐进一条小巷逃也似的离开了西北街道。

没能按部就班踏上归途,而是仍在四周徘徊的深红色瞳孔目击了整个过程,只是赫斯缇雅没有注意到。

马上就要迎来赫斯缇雅眷族创建一周的日子。

赫斯缇雅对于眼前的现状不满地撇着嘴巴。

"对……对不起,我回来晚了……"

全身脏到难以形容的贝尔穿过地下室的门走了进来。

抬起头看看时钟,时间是晚上九点。

"贝尔,你最近是不是有点太拼了呢?"

"还……还好吧?"

对于小心翼翼以委婉的方式发问的赫斯缇雅女神,贝尔只是苦笑着回答了一句"完全没关系"。

最近几天,贝尔总是早出晚归。

大清早就起床奔出总部,一头扎进地下城战斗,直至很晚才回总部。不管是穿的衣服还是防具,甚至连身上都是伤痕累累。

虽然贝尔原本就怀着一颗热忱之心当上冒险者，但近几日的状况显然与数日之前他截然不同。

"上神大人，这是今天探索挣来的钱。"

"啊，哦哦……"

亚麻色小钱袋被递了过来。

贝尔从地下城探索得来的收入会作为眷族积蓄由赫斯缇雅保管。当然，赚来的大部分钱都用作购置道具或者维修武器之类的探索经费，最后所剩无几的零花钱才会交给贝尔自己保管。

解开袋子纽扣往里面看去，估算一下有五百法利左右。包括下次的探索经费在内，这次的收入至少也有一千法利，与前阵子相比，收入算是可观了。从早到晚探索着地下城的贝尔的努力如实地得到回报。

看贝尔的样子，似乎在为了某种目的而拼命赚钱。

"喂，贝尔。"

"啊，什么事？"

"你是不是有什么事瞒着我啊？"

赫斯缇雅一把拉住极力掩饰脸上的疲劳、刚准备去洗澡的贝尔，缓缓地问道。

也许是直觉吧，再堕落也是个女神的她明显地察觉到贝尔隐瞒了什么。

被质问的贝尔露出惊讶的神色，形迹十分可疑。

"啊哈哈……你说什么呢，上神大人，这怎么可能呢。"

看着勉强挤出僵硬笑容的贝尔，赫斯缇雅翻了个白眼。

无视那句可信度极低的话回复，赫斯缇雅以锋利的视线看向贝尔，用眼神逼他赶紧从实招来。

"上……上神大人，我得先去洗澡了！"

"啊！"

流着汗的贝尔拿着换洗衣物飞奔进了淋浴室。被猎物逃走的赫斯缇雅,心情即刻跌落谷底。

贝尔居然有事瞒着自己,绝对不能容忍!这种想法切实地在赫斯缇雅心底生出萌芽。

赫斯缇雅很庆幸贝尔能加入自己的眷族,她就是那么地喜欢这个少年。

少年也打心底敬畏这位女神,并视她为家人一样,温暖和睦地相处。

少年笨拙而又不可靠的样子,总能无意间地激起赫斯缇雅的保护欲。回过神来,才发现原来一直被保护的是自己。

贝尔全心全意地陪伴着历经艰辛降临下界的赫斯缇雅。

少年能够扫除一切阴霾的笑容是赫斯缇雅最好的慰藉。

"我都那么直接地问出口了,贝尔居然还不打算告诉我……"

正因如此,才更不能原谅贝尔的谎言。

为不能顺应自己意愿的事愤怒,是神明与生俱来的傲慢,还是对自己在意的眷属的任性?

无论是哪种,赫斯缇雅的不快是真的,而且这种情绪还在不断积累。

(算了吧,既然他不想说,也不能勉强……)

赫斯缇雅向上吊起的眼眸散发出锐利的光芒,悄悄朝贝尔所在的淋浴间方向瞥了一眼,心里嘀咕了一句"咱们走着瞧吧",便走进地下室狭小的厨房,默不作声地着手做起晚饭。

"啊,上神大人……"

"今天你累了吧,贝尔?我来做饭,你就等着吧。"

赫斯缇雅对着换好衣服从淋浴间走出来的贝尔露出微笑。贝尔本打算说点什么,但面对似乎已把之前的事忘得一干二净的主神的笑容,他总算松了口气。

面对解除戒备的兔子(猎物),赫斯缇雅美丽笑容的背后正沙沙地磨着刀刃。

"来,贝尔,今天也更新一下属性值吧。"

吃过晚饭稍微休息片刻,赫斯缇雅很自然地提出这样的要求。

"啊,好的。"

毫无戒备之心的愚蠢白兔老实地遵从了她的话语。

藏在笑容底下的利刃,已经打磨完毕。

贝尔·克朗尼

Lv.1

力量:I49→I58 耐久:I5 灵巧:I66→I72

敏捷:I98→H107 魔力:I0

魔法

【 】

技能

【 】

坐在趴在床上的贝尔的腰部,赫斯缇雅俯瞰着属性值。

"耐久"与"敏捷"两项能力值依然成长迅猛。对在如此短的时间内"敏捷"的基本能力就突入 H 略微惊讶的同时,赫斯缇雅敏捷地完成剩下的更新工作。

(好了。)

属性值更新结束,赫斯缇雅拍拍手。

双眼闪烁着锋芒的赫斯缇雅立即显露本性,对着眼下的兔子(贝尔)发起偷袭。

以坐在对方腰间的姿势,毫无前兆地将上半身压在少年背上,胸部紧紧地贴着少年的背。

"好了,贝尔。这下你逃不掉了!"

"唔啊——"发出奇怪声响的赫斯缇雅将脸探至贝尔的脖颈旁。

对着少年耳朵附近的位置,酝酿着低沉的声音转入逼问阵势。

贝尔如同遭受电击般剧烈地颤抖着,脸霎时间一片通红。

"上……上神大人?您在做什么啊?"

"当然是逼问了,你绝对有什么事瞒着我。"

听到"瞒着"两个字,贝尔条件反射地一惊,但他很快就变成了对紧贴着自己后背的赫斯缇雅女神的柔软身体表现出的羞涩。

"你知道吗,贝尔?绝对不要对神撒谎哟。"

"您……您在说什么呢?"

"呵……准备一直装傻吗?"

赫斯缇雅微微眯起双眼。

红着脸瑟瑟地缩起脖子的贝尔,非常畏惧女神此刻露出的表情。

接着,下个瞬间——

赫斯缇雅以双手环绕贝尔的脖子,将身体紧紧压在他的背上,两人就这样紧贴着。

"等等!上……上神大人!"

"赶紧招了吧,贝尔,快点坦白!现在说出来的话我还可以考虑饶过你。"

"我……我什么都不知道!我真的没什么事瞒着上神大人啊!"

"还真是顽固啊……"

"咦咦咦咦咦咦咦咦咦咦咦咦啊!"

赫斯缇雅吊起眉毛,加大环绕脖子的手腕力度,将自己的身

体更用力地压下。

从废弃的教堂地下室传来的哭喊声整晚都未断绝。

"真是的,贝尔这个家伙……"

第二天。

对于直到最后都不肯如实招供的贝尔,赫斯缇雅极为不爽,打工结束回到地下室后,也毫不隐藏地将不满情绪挂在脸上。

在总部的沙发上坐下来,粗鲁地翻着还未读完的书本。

(看他那副样子,不像是沉迷于地下城探索,倒更像是为了赚钱……不会是在地下城里被什么不良女性给骗了,被迫要花很多钱吧?)

想到贝尔殚精竭虑投身于地下城事业的模样,赫斯缇雅突然冒出这种奇异的想法。明知自己的眷属没有愚蠢到那个程度,难以抑制的烦闷情绪却总是怂恿自己的思维往这方面靠拢。

随便他自生自灭好了,虽然很想豪迈地丢下这句,但想象着贝尔被亚马逊女性骗得神魂颠倒的场景!她又再度妒火中烧起来。

"嗯……"

"笃笃笃!"地下室总部响起鞋子击打石阶的声音。

今天回来得真早啊!赫斯缇雅以为是贝尔的脚步声,撅着嘴从书本中抬起头。

正当她等着总部的门被推开。"咚咚咚!"响起了干枯的敲门声。

"打扰了,赫斯缇雅。"

"欸……米赫?"

超出赫斯缇雅的预料，站在门前的是比贝尔身型更为修长的男性天神。

群青色的长发，穿着陈旧灰色长袍的天神米赫，对着惊讶地睁大双眼的赫斯缇雅微笑着点了点头。

"听说你创建眷族了。虽然有点迟了，不过还是来问候你一声。"

"什么啊，你特意跑来的啊？"

米赫是自己刚从天界降临时，在欧拉丽偶然结识的一位神友，由于互相之间有着相似的境遇，所以关系还算不错。对于因仍未习惯都市生活而常受其照顾的神友之一，赫斯缇雅也面带微笑地走过去。

"呼哈哈，没什么，我只是想着可以趁机多拉拢几个常客，无需在意啦。"

"哈哈，小算盘打得挺精嘛。"

米赫眷族主要经营回复药相关生意。由于知名度太低，每天都要为拉拢顾客四处奔走，今天也毫不例外，米赫大声地笑了笑。

跟着笑逐颜开的赫斯缇雅连忙催促了一句"那么快点进入正题吧"，米赫将装在试管内的蓝色回复药递过去。

"这是正在推销的商品，就当作是贺礼吧。希望我们一切安泰，收下吧。"

"啊啊，真是不好意思，帮大忙了呢。"

"话说回来，赫斯缇雅，你向公会提出创建眷族的报告书了吗？"

米赫对着感激万分地收下回复药的赫斯缇雅问道。

欸？赫斯缇雅不解地歪着头。态度沉稳的天神开始了细致说明。

"无论有没有从事地下城探索，迷宫都市内的眷族在创建派

阀的时候，都要向公会报告眷族的活动内容，顺便办理派阀登录手续。"

虽然名义上是地下城的管理机关，但从他们接管迷宫都市的那一刻起，公会就等同于统治者的存在。地下城的管理直接关系到欧拉丽的和平，同时欧拉丽也是依靠迷宫产生的莫大利益才发展到今天的规模。从古代到现在，完美地管理着地下城的公会，是名副其实的都市管理者。

对于兼顾都市运营的那个组织定下的规则，眷族也不得不遵守。

"欸，眷族也要跟冒险者一样办理登录手续啊。不过也是啊，既然我们都栖身于此，也是理所当然的。"

"事情就是这样，这也是下界的乐趣吧。"

"在天界根本接触不到这堆繁琐的事情啊。"

"嗯嗯。"两位神明产生了共鸣。

"那么，你打算怎么办？看样子你还没去吧，要我陪你去吗？"

"可以吗？说实话我还挺希望你陪我去……"

"其实我接下来也没什么要做，闲得很呢。与其无所事事不知如何打发时间，不如照顾一下盟友更有趣吧。"

"真是神明的典范啊！"

"呼哈哈，经常有人这么夸我啦。"

散发着神明特有的无力感，赫斯缇雅与米赫离开了教堂地下室。

"填上这个就行了吗？"

"嗯。别忘了用神圣文字签名。"

宽敞的公会本部大厅。

不同派阀的冒险者们四处走动，赫斯缇雅一边向米赫请教，一边踩在大厅备好的凳子上，挥动着羽毛笔在羊皮纸上填写派阀登录信息。

即将落下的太阳透过窗户洒下淡淡余晖。现在恰好是冒险者从地下城归来的时段,公会本部夹杂着许许多多的人类与亚人。

有说有笑地走出兑换处的霍比特人队伍;企图与美丽的前台小姐搭讪却被冷淡地拒绝的兽人男性;激烈争论的精灵与矮人……由纯白大理石砌成的大厅内,上演着各式各样的闹剧,好不热闹。

极少出现在此处的神明赫斯缇雅和米赫,时不时以微笑的表情眺望着冒险者们。

"米赫,眷族的等级是什么意思?"

"由公会规定的眷族的组织力……就相当于等级。派阀的规模以及活动内容等,用于反映眷族的综合实力。不过也可以理解为战斗力指数。"

与属性值的能力评价一样,从S到I分为十个不同等级,其实就相当于在欧拉丽眷族所处的地位。评判等级越高则表明实力越强,也更容易得到公会及其他组织的信任。当然也包括敬畏。

热衷于游戏带来的成就感的部分神明,当自己眷族的等级有了些许提升,便会欢欣雀跃,打心底感到兴奋。

"商业系眷族只要提交相应业绩便能得到评价。而且,等级越高,越容易取得周围人的信任,客源也就更多。"

"顺便问下,米赫,你的眷族评价是多少?"

"呼哈哈,是H。"

刚成立不久,资金及规模都很贫乏的赫斯缇雅眷族,毫无疑问是最低等级I。

每个眷族都需要上缴一定的税费,评价等级越高,征收的金额也越多。

"我问一下,赫斯缇雅,你眷族的孩子到底是个怎样的人

呢？"

"什么啊，突然就问这么直接的问题。"

"没有啦，说不定我们今后会频繁往来嘛，而且我也很好奇你相中了一个怎样的孩子。"

"是个白发红眼的人类男孩，名字叫贝尔·克朗尼。"

"白发红眼吗……唔嗯，难道说，是那个人吗？"

"欸？"

停下在羊皮纸上挪动的羽毛笔，赫斯缇雅抬起头。

米赫视线的前方，大厅的角落，一个白发人类少年叫住了某个公会职员。

"贝尔……"

"果然是他啊。看起来……好像在递给对方什么东西？"

在赫斯缇雅与米赫二人的凝视下，贝尔有些紧张地打开手中的小盒子。穿着公会制服的半精灵少女仔细确认过盒子内的东西后，对贝尔说了什么，继而"扑哧"笑出声来。

"送女孩子东西吗？呼呼，你家的孩子也挺能干的嘛。"

无视米赫的话语，赫斯缇雅继续怔怔地凝视着那副光景。

红着脸的贝尔被少女摁了摁鼻尖，略带羞涩地低下头。

（原来是这么回事。）

赫斯缇雅递去冰冷的视线，在心中低声自语。

原来贝尔每天早出晚归闷头在地下城拼命赚钱，就是为了给那个美丽的半精灵少女送礼物。

赫斯缇雅的心情犹如一道急剧下滑的曲线。

盯着被面带微笑的少女捉弄，满脸通红地慌忙摆着手的贝尔，不满的情绪逐渐在体内堆积。

"哼！"

"嗯……赫斯缇雅？"

"不好意思,米赫。我先回去了。"

粗暴地将填写好的羊皮纸递到窗口,向米赫道了声歉,赫斯缇雅一人走出了公会本部,丢下从头至尾丝毫没有察觉到异样的贝尔,径直穿过本部前院。

(可恶,太无趣了……)

在西北街道上愤愤地踱着步,赫斯缇雅如此想着。

至于为何没趣,原因已经很明了。

女神有着强烈的独占欲。对象不是其他人,正是贝尔。

面对初次拉来的眷属——曾经满怀期待的存在——赫斯缇雅莫名地非常在乎,见他对自己以外的人言听计从,心里便会着急发慌。别老想着讨好那个女孩,看看我这边啊!孩子气的想法在心底涌动。

只有贝尔会让自己这样吗?赫斯缇雅也不明白。

她恍惚认为,若初次结下契约的不是贝尔……最初邂逅的人不是他,也许现在的自己就不会如此手足无措,无法自制。

(贝尔这个大笨蛋……)

各种感情在心头错综复杂地交缠,赫斯缇雅不知不觉地回到总部。

走进房间深处,直直地瘫倒在柔软的床铺上。眉毛维持不愉快的弧度,粗鲁地拽过被子,严实地裹住自己。

想把贝尔的事从脑海中挥开,逐渐暗淡的视野中,赫斯缇雅用力闭上了眼睛。

"咔嚓咔嚓。"

细微的餐具摩擦的声音从外侧传来。

柔柔地刺激着耳膜,像是被那阵声音温柔地唤醒般,赫斯缇雅在昏暗的房间内,慢慢睁开了双眼。

反复眨了数次眼睛,缓缓地移动手将盖着的被子掀开。

悄悄从被子一端探出头,魔石灯散发的光芒照亮了赫斯缇雅的脸,她下意识地眯起眼睛。

昏昏沉沉的脑海与稍显模糊的视野中,率先进入的是白色的背影。

在餐桌与厨房间来回窜动,为了不发出声音,脚步控制得非常轻。

很快,淡淡的汤汁香味扑鼻而来。

赫斯缇雅掀开被加盖在被子外面的另外一层毛毯,缓缓坐起上半身。

白色背影立即察觉到了,转过身向赫斯缇雅走来。

"您醒啦,上神大人。"

"嗯。"

对着递来温柔笑脸的贝尔,赫斯缇雅点点头。

抬头看看钟表,已经是晚上七点了。意识模糊地在床上呆坐了数秒,赫斯缇雅用力甩动头试图让自己清醒过来。

双马尾啪嗒啪嗒地左右摇晃着。

"都是你准备的吗?"

"是的。上神大人好像很累的样子……对不起,我擅自做主了。"

桌上放着简单的色拉和剥了皮的土豆,以及刚刚炖好的汤。

汤被注入可爱的木制杯里,散发出温润的热气。

"今天回来得比以往早很多嘛?"

为了掩盖被眼前的景象、微小的细节,搞得内心逐渐温暖起来的自己,赫斯缇雅故意以讽刺的口吻提问。

"遇到什么好事了吗？"女神说话的时候没有看向自己,贝尔先是露出惊慌失措的神色,继而红着脸,像是躲闪着女神的视线一般,转身离开桌旁。

背对着赫斯缇雅在柜子内取出一样东西,再次走到她的面前。"那个,这个……上神大人,请收下。"

"欸？"

递到面前的是一个小盒子。

眼睛瞪得浑圆的赫斯缇雅惊讶地僵了数秒,接着缓缓伸手接过盒子。

打开盖子,原来是一对发饰。

装饰着蓝色花瓣的缎带上,点缀着小小的银色铃铛。

"贝尔,这是……"

"上神大人现在绑的发绳似乎已经很破了,那个,怎么说呢……是礼物……"贝尔以小到快听不见的声音说道。

赫斯缇雅像被冻住一样,身体一动不动,只有惊讶的眼睛还在转动。她的眼神向下移去,看向轻轻低下头、被刘海遮住通红脸庞的少年。

装着发饰的、似曾相识的小盒子,正是在公会本部,贝尔给半精灵少女看过的东西。

原来不是要送给她,而是参考她的意见——以同性的眼光来看,对方是否会喜欢这件礼物——仅仅是为了这个。

回想起被少女捉弄的贝尔的样子,赫斯缇雅意识到自己误解了。

（话说回来,全被他看到了吗……）

前几天,在西北街道的橱窗前自己垂涎欲滴的样子。

那条缎带正是自己前几天注视良久的人偶头上的发绳,赫斯缇雅终于明白了。

"本……本来没想瞒着您的,但我又想着不能轻易地告诉您,那个,对……对不起。"

语无伦次的贝尔还是那么笨拙,赫斯缇雅静静地笑了。

双颊通红的同时,赫斯缇雅内心也感到非常惭愧。

贝尔为了送自己礼物,可以那么努力地付出,而自己却轻易地放弃了给他准备礼物的想法。

贝尔的心意要比自己的更强大,也更温柔。

"为了送给我这个,才起早贪黑地奔赴地下城的吗?"

"那个,是的……没错。"

"真是笨蛋呢……这款材质优良的发饰一定价格不菲吧。"赫斯缇雅如此道。

为了赚钱连日在迷宫内没日没夜地战斗,身心疲惫地折返,有时还会遇到危险。

赫斯缇雅闭上双眼,缓缓地绽开笑颜。

"贝尔。"

"是……是。"

"你帮我戴上吧。"

"哈?"

"毕竟是你送的礼物。我想让你帮我戴上。"

看着惊慌失措的贝尔,赫斯缇雅满脸微笑地扯过贝尔的手。

两人一起走到镜子前,赫斯缇雅在椅子上坐下,向正上方仰起头,微笑着催促镜中映射出的贝尔:"快点呀!"

惶恐得不知如何是好的贝尔终于下定决心,紧张地接过发饰,小心翼翼地将手伸向女神的头发。

"贝尔,谢谢你……还有,对不起。"

"欸?"

"呼呼,没什么啦。"

赫斯缇雅向战战兢兢地碰着自己头发的贝尔递去微笑。

透过镜子凝视着笨拙地为自己扎着头发的少年,赫斯缇雅能够清楚地听到自己胸口平稳的心跳声。

每当少年的手抚过自己的漆黑头发,赫斯缇雅便像猫咪一样眯起眼睛,享受这段舒适的时光。

"喂,贝尔。"

"什么事?"

"能够遇到你,并且成为我的第一个眷属……我真的很开心。"

对于女神平静地传达出的话语,贝尔一度停下动作,继而缓缓地扬起嘴角,发自内心地笑了。

"我也觉得,能够遇到上神大人真是太好了。"

看着倒映在镜子里的笑容,赫斯缇雅双颊绯红地回以微笑。

(我一定会喜欢上这孩子的。)

小小的女神预见到了自己的心意。

无论何时都要尽力地守护他,以及在他背上刻下的物语,赫斯缇雅如此期望着。

终于,粗糙扎起的双马尾上的银色铃铛响了起来,流淌出清澈的音调。

后记

说到锻冶师的角色，我自小便根深蒂固地认为，"强大！""严肃！""帅气！""星皇十字剑！"什么的都是为他们而生的，所以主人公的搭档毫无悬念地设定成了男性。这次的闪亮登场可算赚足了眼球。在女性角色主导的本作中，有关锻冶师的描写可谓感慨颇多。

在本书中登场的锻冶师既不强大也不严肃，更不能释放"星皇十字剑"。他只是众多不起眼的锻冶师中的一个。但每当写到他的时候，不管他是否正处于锻冶状态，都会令我热血沸腾，不自主地"哦哦哦哦哦"地大叫，他就是一个如此热情的工匠……至少我是这么认为的。

当虚幻小说中有锻冶师登场的时候，我就会无比兴奋。他们屈身在灰暗的工房内，伫立在燃烧得通红的炉具前，发出高亢的呐喊声，夹杂着希望与苦恼不断地打造武器的姿态总会清晰地浮现在脑中。无论身份多么低微渺小，锻冶师都是热情的结晶。

从工房内走出的锻冶师手中，握着世界上独一无二的武器，然后将它交出的瞬间——虽然我知道这是仅存在于虚幻世界里的场景，但还是忍不住去幻想。

本作第四卷仍处于缓慢发展的阶段，同时在 GA 文库刊登的短篇也经过加工修正收录在本卷当中。按照时间顺序排列的话，"Quest×Quest"位于第三卷第二章和第三章之间，而"致女神的铃铛发饰"则是在第一卷开始前。如果本故事能为大家带来无穷享受，我将不胜荣幸。

接下来请允许我陈述谢辞。

责任人小泷先生,这次也非常感谢您的帮助。为故事配上众多精彩插图的Suzuhito Yasuda老师,真的非常感谢您在百忙之中抽出宝贵时间协助本作在年内发行。允许我借鉴部分描写的裕时悠示老师,非常高兴您能微笑着爽快应允。

还有为限定版刊行出谋划策的九二枝先生以及深崎暮人先生,感谢你们有趣的漫画和精美的插图。另外在《YOUNG GANGAN(Square Enix)》上连载的漫画也多亏了九二枝先生的鼎力支持,我一直都在满怀期待地拜读。

最后,百忙之中垂阅本书的读者们,由衷地感谢大家。

下一卷也请多多关照。

请允许我就此搁笔。

大森藤ノ